Perdre pied

Du même auteur, chez le même éditeur

Célébration du quotidien, 1997, coll. « Littérature ouverte ».

Contes d'espérance, 1998, coll. « Littérature ouverte ».

Célébration de Noël, 2000, coll. « Littérature ouverte ».

Battements d'elles, 2000, coll. « Littérature ouverte ».

Secrète présence, 2001, coll. « Littérature ouverte ».

Singulières et plurielles, 2002, coll. « Littérature ouverte ».

La Liberté de l'amour (Conversation avec Christophe Henning), 2005.

L'Âge de vivre, 2007, coll. « Littérature ouverte ».

Colette Nys-Mazure

Perdre pied

"Littérature ouverte"

DESCLÉE DE BROUWER

En cours d'écriture, ce roman a bénéficié d'un séjour à l'Academia Belgica de Rome et dans la résidence internationale pour écrivains et traducteurs de Ventspils au bord de la Baltique.

2, passage de la Boule-Blanche, 75012 Paris
ISBN : 978-2-220-06042-2

À Sylvie Germain, à François Emmanuel

L'homme qui dit je *n'a rien à voir*
avec sa carte d'identité.
Manuel Blumenfeld

Personne n'a le droit d'exiger de la mer
qu'elle porte tous les bateaux.
Stig Dagerman

Au cours d'une escalade en haute montagne, je glisse dans une fente. Je me raccroche à une aspérité. Je mesure le vide sous moi, terrifiant. Une ombre immense bruisse au-dessus de ma tête : celle d'un aigle aux ailes déployées. Je frissonne. Les vautours, déjà ?

Il n'y a plus rien à perdre. Sans hésiter, je détache la main droite pour attraper une patte, puis la gauche, afin de saisir l'autre. Contre toute attente, je réussis. Me voilà suspendue aux serres de l'aigle. Au-dessus de l'abîme.

Gêné, irrité, l'oiseau de proie crible mes mains de coups de bec, les lacère à me faire hurler; je suis résolue à ne pas lâcher prise. Vais-je l'entraîner vers le fond de la fissure ou va-t-il m'en arracher ? S'il m'abandonne sur la cime des arbres, je me débrouillerai mieux que dans la crevasse; on me dénichera tôt ou tard.

Je m'éveille en hurlant. Le rêve m'obsède; j'en parle à ceux que je rencontre. Je n'organise pas les images, je n'arrange rien; au contraire, j'essaie de rester au plus près des sensations. Les interprétations sauvages varient sans me satisfaire. Moi je sens encore le vertige, le cœur battant, les mains blessées jusqu'à l'os et l'obstination du désespoir. Je ne connais pas l'issue.

En cours de journée, j'observe que mes mains sont couvertes de pelade. Je vais chez le dermatologue : il évoque l'anxiété comme facteur d'aggravation d'une affection bénigne ; selon lui, une pommade suffira. À quel soulèvement intérieur correspond cette éruption ? Mes questions demeurent béantes. Je lis le psaume 27 : « *Il m'élève sur les rocs.* »

Perdre pied

Samedi

On est sans nouvelle des deux journalistes français enlevés avant-hier. Le radio-réveil livre le monde à feu et à sang. Dans l'appartement protégé de la mer par les persiennes, quelques mesures, puis la voix nue, toujours la même, prend possession des coins et recoins. Julian redevient l'enfant pétrifié qui guettait l'instant exact avant l'essor de l'oiseau. La voix n'allait-elle pas se briser ? Il suppliait.

– Encore !

– Mais tu viens de l'écouter.

Sa mère tardait ; il s'irritait. Elle sortait de la chambre. *Ce garçon me rendra folle.* Plus tard, dans les bras d'Emmanuelle, après l'amour, étourdis, ils écoutaient cette musique, ne s'en lassaient pas.

Aujourd'hui, Julian est sevré du corps, du visage de son amie. Il en est réduit aux visites furtives qui le surprennent dans l'abandon du sommeil, le laissent sans force, des heures durant. Après cela il faut reconstruire patiemment la digue ; la mémoire est cruelle. Les souvenirs heureux devraient rayonner au lieu d'empoisonner le présent. Une sourde violence l'emplit ; un désir de se venger. De qui, de quoi ? L'accident de moto qui le rive au fauteuil roulant n'a fait qu'amplifier la révolte, aiguiser les sens. Née avec lui, une colère qu'il sent gronder, certains jours d'angoisse lucide. Seule l'apaise une tempête sur la mer ; son déchaînement accordé à sa fureur.

Julian prépare le plateau du petit-déjeuner qu'il prendra face à la Manche. C'est son repas préféré ; il ne néglige ni le jus de fruit ni le fromage. Pourquoi cette manie de mettre une main devant la bouche dès qu'il mange, dès qu'il parle ? C'est gênant pour le vis-à-vis qui ne comprend pas ce qu'il dit. *Tu n'en auras donc jamais assez !* Son enfance a été ponctuée par ce soupir des adultes. C'est vrai qu'il n'était jamais fatigué de jouer avec les cousins, de nager, de lire. Un appétit dévorant, allègre. Avant, oui. Son existence actuelle se limite au regard.

Café long sur le balcon ; mer d'opale et plage beige. Il a fait très chaud hier : les coups de soleil en auront empêché plus d'un de dormir. Un souffle de joie mauvaise effleure Julian. Ils sont quelques-uns à ponctuer l'étendue de leurs silhouettes mobiles. En lisière des vagues, un homme et une femme proches l'un de l'autre. Serait-ce les amoureux qui, la veille au couchant, avaient planté leurs vélos et s'étaient assis longtemps, ombres confondues ?

Les figurants suivants sont moins drôles : deux garçons de moins de vingt ans, débraillés, émergent d'une voiture et titubent sur la digue ; ils s'égosillent : « Marie-Louise », pénètrent dans l'immeuble par la porte A/B, en ressortent : « On s'est trompé, putain » ; ils essaient la deuxième entrée puis la troisième. L'un des deux s'affale sur le capot tandis que l'autre continue à scruter la façade. Ils ont dû boire en discothèque toute la nuit. J'ai peur qu'ils reprennent le volant dans cet état. C'est un autre motard qu'ils faucheraient.

Voici l'inconnu que Julian nomme pour lui-même Théophile sans savoir pourquoi : l'homme noir revient de sa marche quotidienne jusqu'à la plage voisine, une heure aller-retour d'une longue foulée élastique, poumons avides. Peut-être a-t-il retrouvé jouissance d'un corps habitué à se mouvoir nu toute l'enfance. Julian ajuste ses jumelles. L'homme se penche vers le couteau qu'il cherchait : il le ramasse, le porte au nez, l'examine. Est-il d'un gris nacré métissé de rose en camaïeu, comme Julian les aimait lorsqu'il était enfant ? Il s'attardait, accroupi ; ses frères le hélaient.

– Julian, tu traînes, on ne t'attendra pas.

Lui, fasciné par le double coquillage long, irisé, à peine entrouvert, sur lequel il avait failli marcher. Il rattrapait les grands :

– Regardez !

– Quoi ? C'est un couteau.

Son émerveillement se brisant contre leur routine.

– Un couteau ?

– Une sorte de coquillage, comme les moules.

Il en éprouvait le renflé, l'aigu ; le gardait en main pour ne pas l'écorner dans la poche.

– Est-ce que ça se mange ?

Il avait cinq ans, sans doute, et ce flot de questions dont beaucoup sont restées sans réponse. Depuis, il a interrogé le dictionnaire : *Mollusque lamellibranche, à coquille droite allongée, qui vit enfoncé verticalement dans le sable, appelé plus communément couteau. Les solens sont comestibles.*

Théophile fait partie de ses familiers sans nom, au même titre que le joueur d'accordéon du crépuscule. J'ai besoin d'eux. L'un ou l'autre remarque-t-il ma lampe d'insomniaque brillant parfois toute la nuit ?

Courbés vers le sol, une pique à la main, les éboueurs ratissent la plage, suivis du camion qui recueille sacs poubelle et déchets ; ils ne regardent pas la mer. Julian déplace ses jumelles et cerne le couple qui s'embrasse à bouche que veux-tu. Cesse !

Le matin est l'heure de Julian. Plus tard, il y aura trop d'effervescence : la singularité se perd dans le troupeau. Une famille jaillit de son immeuble : les locataires du rez-de-chaussée, arrivés tard hier soir. Les enfants s'élancent sans retenue. D'ordinaire, il y a toujours un obstacle ou une voix : *Fais attention !* Ici rien ne vient freiner l'ivresse de la course. Je suis eux. Un instant, rien qu'un instant. *Pourquoi ?* Julian pousse le cri de Job.

On ne peut pas regarder tout le temps. Il s'interdit la télévision avant les informations du soir, question d'hygiène. Des visiteurs franchissent le seuil de l'appartement – pas toujours ceux qu'il souhaiterait. Certains sont maladroits. Quand j'allais voir mon grand-père en maison de retraite, est-ce que j'avais la moindre idée de ce qu'il pouvait attendre ou ressentir ? Stylo en main – le dernier cadeau d'Emmanuelle –, Julian s'empare du dictionnaire, fourrage au hasard. *Perdre pied.* La sonnette l'interrompt.

Amélie va se lever. Mais elle ne se lève pas. Elle remonte la couette jusqu'au menton. Chaque matin, l'inertie, le néant. Enlisée. Si peu de temps à vivre et je végète. Je voudrais. Je n'y arrive pas. Dehors la ville bouge et s'anime ; klaxons et signaux. Le jour lève comme une pâte. Je serais le levain. Ou bien la fève dans le gâteau des rois. Moi couronnée, reconnue. Tu divagues. La pluie piétine sur le toit.

Elle se résigne. Ce matin encore, elle restera engluée. Personne ne perçoit son cri étouffé, surtout pas Mosane. On voudrait appeler, il n'y a qu'un absent au bout du fil. D'autres fois, on ne veut voir personne et voici qu'on sonne. Plainte et complainte. Paysage anonyme sans figure humaine. On enferme en soi ce que personne ne veut recevoir ; portes closes qu'on mettra longtemps à forcer. Se laisser tomber, retomber dans le sommeil. Plus le goût de rien ni de personne. Depuis le départ d'Olivier, tout pèse. Naufragée qui s'accroche aux planches à la dérive, pour combien de temps ?

La sonnerie du téléphone. À cette heure matinale, mauvais signe. Et si c'était lui !

– Armelle, viens, je t'en prie, viens !

– Je ne suis pas Armelle, vous êtes au...

L'inconnu s'est déjà éclipsé, mais la voix exigeante, a dissipé son propre malaise. Un déclic : c'est aujourd'hui qu'on part vers la

Manche ! Réveiller Mosane au plus vite. Amélie a longtemps hésité à quitter l'appartement pour une semaine de vacances, la crainte qu'Olivier l'appelle pendant ce temps ou que son journal lui annonce le pire. Mosane a besoin de changer d'air, cet argument a été le plus fort.

Amélie ouvre la fenêtre sur le ciel par-dessus les toits d'Angers : la pluie a cessé, pas la grisaille ; les étourneaux crient dans les arbres du square et baptisent sans vergogne les toits des voitures. Je n'ai pas de voiture.

Dans la chambre de Mosane, le réveil insiste. Cette fois Amélie n'aura pas à la secouer pour la traîner, vacillante et rebelle, vers la gare : leur fille, sa fille, a envie de ces jours au bord de l'eau.

Elles s'engouffrent dans le bus puis le TGV vers Lille-Europe, celui vers Boulogne ensuite. Nous serons à Hardesselle dans l'après-midi. Pourvu que les propriétaires du studio retenu soient au rendez-vous. Mosane se ronge les ongles. Qu'elle est maigre ! La nuque rasée accentue l'effet tragique. Un oiseau sur la branche. Amélie détourne les yeux et s'abîme dans le guide du Nord-Pas-de-Calais avant de somnoler.

Cet été nous irons à la mer. On en rêve, on salive de désir. La mer, mère, Maman. Des bateaux, des châteaux, de l'eau plein les yeux jusqu'à l'horizon, loin, là-bas, qu'on ne peut pas toucher. Papa dit : « La ligne d'horizon recule au fur et à mesure qu'on croit s'en approcher. » Mystère. On guette la vague qui monte et retombe. On épie le retour de la marée, on s'enivre de la houle, tantôt cri, tantôt chant. Et tout à coup, on en a assez. Tais-toi, tais-toi ! Mais elle, la mer, ne s'arrête pas. On sent son odeur forte, intime, un peu écœurante. Maman dit : « Respirez profondément ! l'iode, c'est bon pour la santé. » On entre dans la mer petit à petit, on a peur d'être renversé, roulé, emporté. « Laisse-toi flotter, je suis là. » On revient vers le sable, brûlant sous la plante des pieds. La peau sèche avant même la sortie-de-bain verte aux lignes jaunes, celle qu'on préfère. On garde du sel sur les lèvres, on passe la langue pour s'en assurer puis on appuie la bouche contre le dos de la main, c'est pareil ! salé, lui aussi. On part ramasser des coquillages, des tourelles, des couteaux ; on a écrasé une algue brune, gluante. Attention ! On a failli se piquer à la méduse pâle, étalée sur le banc de sable. « Ne t'éloigne pas ! » Mais tout se ressemble ; entre les toiles tendues pour abriter les familles, on ne retrouve pas la sienne et le cœur se serre, la voix s'étrangle jusqu'à l'appel : *On recherche une petite fille en slip rouge... Son papa l'attend au poste de secours.*

À l'aéroport de Fiumicino, Hilde scrute le tableau des départs. L'avion vers Paris est annoncé avec un léger retard. Aura-t-elle la correspondance avec le TGV vers Boulogne ? La jeune femme se retourne : elle a interdit à Manuel de l'accompagner ; ils se sont dit adieu hier, dans le désespoir, et ne supporteraient plus, ni l'un ni l'autre, de rejouer cette rupture. Mais une part d'elle guette sa dégaine, le grain rauque de la voix qui la hélerait par-dessus les têtes : *Hilde !* Elle se jetterait dans ses bras. Tu n'es pas au cinéma. Non, tu ne regarderas pas en arrière. D'ailleurs tu vas passer le contrôle. Au portique, la sonnerie se déclenche ; les douaniers sont nerveux ; elle ira une fois de plus dans la cabine se faire palper, zut.

Front collé à la baie vitrée, elle assiste à l'embarquement des bagages. Est-ce possible qu'elle ait atterri ici, il y a trois mois seulement ? Comme j'étais jeune. Naïve ? Non pas vraiment, mais neuve. Aucune tornade amoureuse ne l'avait encore secouée. Elle venait en stage à la bibliothèque de l'Academia et comptait se réserver les fins d'après-midi pour découvrir la ville à pied. Pourquoi avait-il fallu qu'au bout de dix jours, elle s'évanouisse dans l'église Saint-Louis-des-Français, que Manuel soit là et l'entraîne dans la spirale infernale ?

L'avion est bondé comme un métro de 17 heures. Coincée entre deux bavardes, Hilde leur propose de changer de place pour les laisser à leur conversation, mais la passagère au bord du couloir refuse; sous le feu croisé des banalités, elle s'assoupit. Elle a dû rêver de Manuel car elle s'éveille le visage en larmes, une phrase lancinante au bord des lèvres: *Que faisons-nous ensemble?* Ainsi un volet malmené par le vent battrait le mur sans relâche. Ses voisines n'ont rien remarqué, semble-t-il. L'avion a rattrapé son retard.

Le bagage récupéré, Hilde passe aisément le contrôle. RER, gare du Nord, TGV vers Boulogne, bus. Parcours sans faute. Par Internet, elle a retenu une chambre d'hôtes à *La maison,* dans l'allée des Freesias parallèle à la Manche, pointée sur le site Hardresselle. Elle se présentera lundi à l'hôtel des Dunes pour la signature du contrat.

– Je n'ai plus d'ocre ni de carmin, lance Antoine en sortant.

Jeanne le voit de dos, marquant un temps d'arrêt. Elle devine que sa distraction le contraint à une récapitulation: n'ai-je rien oublié? Non, aujourd'hui, il ne reviendra pas sur ses pas. Elle entend démarrer la voiture; chaque fois le cœur se serre: s'il allait ne pas rentrer! Ainsi est parti son père, l'air de rien, un matin comme un autre, vers des tâches ordinaires. Je ne supporterais pas.

Jeanne se retourne et détaille, avec un intérêt jamais démenti, le tableau d'Édouard Manet – *Sur la plage de Boulogne (*1868) – dont l'affiche occupe le mur à l'entrée. On dirait un exercice de style: tous les personnages, isolés ou en groupe, sont peints dans une attitude significative; quelques-uns regardent la mer, mais, juxtaposés, ils s'ignorent. Une punaise est tombée, d'autres rouillent; un angle gondole; un enfant en colère a dû tenter de la déchirer. Un jour il faudra l'enlever, la remplacer. Il est l'heure du rendez-vous chez la coiffeuse.

Même à la mer, cette corvée. Elle déteste ces séances, rares, mais nécessaires à son âge si elle veut rester présentable. C'est samedi. Dès l'entrée, l'assaille l'ambiance de harem. Le fond musical est sirupeux, entêtant; sur lui se greffent les voix des clientes et celle, impérative, de la patronne Les propos sont plaintifs, souvent médicaux: c'est une habituée du salon gravement atteinte, un spécialiste dont on vante la compétence ou que l'on exécute allègrement. Beaucoup haussent le ton parce qu'elles ne s'entendent pas parler sous le casque. Une cacophonie aux heures de pointe.

Je sais que certaines aiment aller chez le coiffeur, elles y trouvent un temps à elles, l'autorisation de s'abandonner, tête renversée à la chaleur de l'eau, aux doigts qui massent doucement, de redevenir petites filles (*Maman! j'ai du savon dans les yeux!*). Moi je bous, sauf lorsqu'on me laisse lire sans m'obliger à répondre au perpétuel: « Et vos vacances? », question dont la réplique indiffère puisqu'elle est reposée cinq minutes plus tard.

– Si on ne les tient pas...

De qui parle la femme mûre très maquillée, le filet rose serré barrant le front? Les hommes, les enfants? Les deux sans doute. Tenir. Jeanne s'étonne. Elle consulte sa montre. Patience!

Enfin dehors. Elle hésite puis se décide à rendre visite à Gabrielle. Arrêt au feu rouge, à côté d'une camionnette blanche; le conducteur d'une trentaine d'années est occupé à se vaporiser un parfum dans le cou; il surprend son regard. Elle rit franchement. Lui aussi. Le feu passe au vert.

Jeanne sonne. Elle entend le frappé de la canne; son amie refuse de l'embrasser craignant de lui transmettre le virus qui l'a terrassée la semaine dernière. Elle n'a pas l'air bien. Elle, si souvent en chemisier d'un blanc éclatant, a remis un ensemble en lainage démodé et laisse voir sans fard son visage raviné. Le plaisir de la visite lui donne la force d'aller chercher une bouteille de cidre qu'elle laisse ouvrir par Jeanne.

– L'arthrose, tu sais.

Enfoncée dans le canapé – ne serait-elle pas mieux dans un fauteuil droit ? – Gabrielle raconte son malaise récent, sérieux au point qu'elle, l'indépendante farouche, s'est inscrite sur la liste d'attente d'une maison de repos. Elle se redresse aussitôt :

– Mais je suis très entourée, les voisins et toi, ma chérie !

Mise en verve, elle raconte ses dernières gamineries de vieille dame indigne. Autour d'elle, des photos : le côté des morts devant qui s'obstine une bougie rouge d'Amnesty International et le côté des vivants dont Jeanne fait partie. La lumière du soleil entre les feuillages vient poser sa touche mouvante sur le visage marqué. Une douceur circule entre elles. Un sourd pressentiment aussi. Fixer chaque détail dans la mémoire. Être ici maintenant, pour longtemps.

Lorsque Jeanne regagne la voiture, un coup de vent la décoiffe, tant mieux ! Dès qu'elle met la clef de contact, la radio déverse ses cotations boursières ; elle change de longueur d'onde et reçoit le flux d'un propos didactique ; qu'en retiendra-t-elle ? Tous ces mots. Le visage d'Alain s'impose à elle : les cernes, la peau malsaine, j'aurais pu deviner.

À *La maison*, il n'y a personne. Les yeux de Jeanne discernent au plafond de l'entrée une tache d'humidité. Une fuite d'eau, encore ! Si on n'y veille, tout s'abîme et se détériore.

Souvenir de l'odeur de vieux dans la cuisine de sa grand-mère accablée par les deuils successifs. Je souffrais, des casseroles et des carreaux gras, des peignes crasseux. Moi je ne laisserai jamais aller les choses, se promettait l'adolescente. Signaler à Antoine les dégâts et prendre une décision. Elle attend la jeune Hilde arrivant de Rome ; une Angevine et sa fille également. Le bus de Boulogne les déposera tout à l'heure.

Hilde a faim. Il n'y avait pas de bar dans le TGV ; à Boulogne, le bus a démarré avant qu'elle ait eu le temps d'acheter un chocolat au distributeur. Sur le plan, elle a repéré l'arrêt le plus proche de l'allée des Freesias. Deux personnes descendent sur ses talons. Comme l'indiquaient les photos du site, *La maison* est coiffée d'un toit de chaume à l'ancienne – lorsqu'elle était enfant, elle l'associait à la demeure des nains et de Blanche Neige. Elle n'a pas encore sonné qu'une femme d'une soixantaine d'années se dresse sur le seuil :

– Bienvenue ! Vous êtes Hilde... J'avais une correspondante allemande qui portait ce nom.

La franchise du regard lui va droit au cœur.

– Et vous, Amélie et Mosane.

Comme elles semblent tendues, ces deux voyageuses qu'elle avait remarquées dans l'autobus.

– Appelez-moi Jeanne. Posez vos bagages et venez vous rafraîchir !

La salle à manger est vitrée de deux côtés. Sur la table, des gâteaux, une carafe. Hilde se détend.

– J'ai quitté Rome tôt ce matin, je suis heureuse d'être ici. Je commence mon travail à l'hôtel des Dunes mardi, j'aurai le temps de m'acclimater.

– Je vous montre vos chambres.

Celle de Hilde est lumineuse ; d'un côté on voit les dunes et de l'autre, la Manche entre deux façades. Quelques roses jaunes s'épanouissent sur la table de chevet près des clefs. Son air enchanté la dispense de parler.

– Vous disposerez de la cuisine commune. Ce soir, je vous invite à partager notre repas.

Hilde scrute l'étendue grise et bleue. Tu n'es pas là, Manuel, mais je ne suis pas morte.

Au rez-de-chaussée, mère et fille découvrent la chambre spacieuse : les lits jumeaux, les carpettes tunisiennes colorées, un bouquet de gaillardes qu'enflamme le soleil. Mosane a repéré les dunes proches. Pas tout le temps ensemble ! De l'air !

Amélie s'emploie à défaire les valises, lorsque l'adolescente, remontée livide de la dune-jardin, se plaint avec insistance :

– J'ai mal au ventre.
– Ce sont tes règles qui vont arriver.
– Je sais, mais j'ai mal.

A-t-elle jamais eu aussi mal ? Amélie s'affole. Ce serait simple de le lui demander.

– Demain, tu n'y penseras plus.
– Oui, mais aujourd'hui j'ai mal.

Dans sa chambre d'adolescente, Amélie se roulait en boule ou pressait une bouillotte contre son ventre. Pourquoi ne peut-elle se livrer, rejoindre Mosane ? Elle ouvre son sac, en sort un tube de comprimés, tend un verre d'eau :

– Prends.

Sa voix sèche, alors qu'elle voudrait la serrer dans ses bras. Ma petite fille.

La maigreur de Mosane a frappé Jeanne. Comment ne pas penser à Alain ? Comment t'aider, mon fils ? Personne ne vivra à ta place. Puissance diabolique des images. Ils sont étendus l'un près de l'autre. L'homme jeune a la tête dans le cou de la femme mûre. On pourrait croire qu'ils sont morts. Ils sont hors du temps.

– Alors ? Nos trois hôtes sont arrivées ? interroge Antoine.
– Fatiguées, mais contentes d'être ici.
– Je vais travailler une heure.

Antoine sait que Jeanne le suit des yeux tandis qu'il se dirige vers son atelier. Elle aime accueillir des inconnus en escale. Nombre de pensionnaires ont gardé des relations avec eux. Moi je suis plus sauvage ; de plus en plus, d'ailleurs. Du bout de la langue, il agace la dent soignée dont le plombage s'effrite ; c'est plus fort que lui. Prendre rendez-vous chez le dentiste. Demain, c'est sûr, il appellera. Non, demain c'est dimanche. Lundi alors.

Dimanche

Ta manie de griffonner partout! Cette protestation maternelle, l'ai-je entendue! J'ai toujours griffonné; au coin du papier traînant sur mon pupitre ou sur l'annuaire téléphonique; ni visages ni motifs géométriques. Autrefois c'était mon prénom – *Julian* –, j'essayais mille formules qui devaient beaucoup aux écritures de l'un ou l'autre ami. Je balançais, cherchant un graphisme qui affirmerait mon identité. Lorsque ma signature s'est fixée, j'ai préféré *oui, non, qui, pourquoi*, mantras lancinants. S'il s'agissait d'éprouver un nouveau stylo, un Bic, un crayon-feutre, je tâtonnais sur la feuille avancée par l'employée de la papeterie.

– La pointe convient-elle?

– Je préfère plus gros ; et noir, si vous avez.

Elle présentait sa palette, fascinée par mes griffes bizarres sur la feuille couverte de graffitis rouges et verts tracés par d'autres mains. Qu'est-ce que je cherchais ? Le comble, c'était la perte systématique du *bon outil* enfin trouvé et acheté ; parfois offert.

– Comme il a l'air de bien écrire !

– Prenez-le si cela vous fait plaisir, suggérait son propriétaire surpris par mon exclamation émerveillée.

Je prenais, j'égarais. Je griffonnais, je griffonne. Je me laisse envahir par les vies qui me cernent, me débordent, me bouleversent. J'ouvre les yeux dans le noir, je déploie mes antennes. *Tu brûles !* lorsque j'approchais de l'objet caché. Oui, un instant, je comprends ! Alors commence la bataille pour remonter à la surface de l'eau ce reflet, le rendre perceptible à d'autres. Lorsque j'étais enfant, d'un bâton dans la poussière ou le sable humide, je dessinais des merveilles : le chat de gouttière volait comme un écureuil et l'aveugle levait le visage vers la voix étrangère. On me disait doué. Julian caresse le stylo de prix offert par Emmanuelle, son dernier cadeau.

Jeanne n'a pas bronché lorsqu'elle a entendu Antoine sortir de la chambre. Elle s'efforce de retenir le dernier rêve, d'en dégager peut-être un indice. Il leur arrive d'échanger leurs rêves encore chauds, comme s'ils se confiaient la clef d'un domaine très secret.

– Mais alors je ne peins plus de la même manière, avoue Antoine, tiraillé entre aveu et retrait.

Ce matin, il a choisi la solitude ; elle ne tirera pas grand-chose de la cascade désagréable dont elle garde le souvenir. À cause de la canicule, elle emportait quatre bouteilles d'eau : c'était de grands tubes de colle de la marque achetée hier au supermarché ! Quelqu'un tenait en mains un livre dont la couverture représentait une scène de guerre : un char ou un cheval basculé dans un cratère ; elle voulait distinguer le titre, mais les mots étaient illisibles, dans une autre langue, du chinois peut-être.

Jeanne n'est pas vieille, mais vieillie soudainement. Autour d'elle, quelques-uns ont enregistré le changement ; personne n'en parle ; on sent la fragilité, mais on a trop besoin de sa force. On feint le naturel. Ce n'est pas naturel. Il y a ce moment où tout a chaviré. Alain avait frappé à la porte de la chambre où elle s'était allongée pour une sieste. Il s'était assis à la tête du lit. Elle avait senti que c'était grave. Comme un animal, elle reniflait la nervosité intérieure de son fils au point de murmurer : J'ai peur. Il avait crié de stupeur.

– Si tu as peur, toi, alors les autres ?

Il s'était allongé à côté d'elle ; son imperméable sentait le chien mouillé. Il avait dit sans reprendre haleine.

– Je viens de recevoir les résultats de l'analyse.

Prescience implacable des mères. Elle avait anticipé *le sida* et ouvert un bras : il était venu y nicher la tête, comme autrefois, lorsqu'il rentrait de l'école, marqué par une bagarre, un malentendu, une déception. Elle avait passé l'autre bras par-dessus le corps rigide, accueillant son soupir venu de très loin, plainte enfantine. Elle n'avait pas interrogé. Cela arrive à n'importe qui, oui. Mais quand ça vous arrive.

Rien que ce geste et ce silence. Deux gisants, dans cette détresse commune. Combien de temps ? Le téléphone s'obstinait dans la pièce de séjour. Elle s'était dégagée doucement pour décrocher l'appareil. Trop tard. Elle était revenue dans la chambre, il dormait. Son enfant. Vingt-huit ans, dix-huit ans, huit ans. Les images se superposent. Le nourrisson, une goutte de lait au coin de la bouche, le gamin débout devant les toilettes : « Je fais pipi comme un grand. » Le dos couronné du premier cartable. Le vélo intrépide : « Regarde, Maman, je roule sans main. » Le retour des camps, les vêtements à l'odeur de fumée. Aider à grandir, aider à mourir. En accouchant, je savais que je lui donnais et la vie et la mort ; mais pas si vite ! pas la mort. Un cri des entrailles. Alain ! Non !

Alors elle avait remarqué contre le mur la valise en carton, la première qu'il avait reçue, à laquelle il tenait : contenait-elle des médicaments ? Alain n'avait plus quitté sa pensée. Celle d'Antoine non plus, elle le sait, même s'ils évitent de se décourager mutuellement. Chacun a sa manière d'encaisser les coups. Se supporter soi, supporter l'autre. Jeanne connaît plusieurs couples que la maladie, la mort d'un enfant ont détruits.

Elle va vers la fenêtre entrouverte sur le paysage de sable, et, au-delà de la Becque, sur la forêt dunaire. Ils ont choisi la chambre à l'arrière : les nuits d'hiver, la mer hurle trop fort. Est-ce que Hilde, Amélie, Mosane sont debout ?

Une réussite, ces chambres d'hôtes ; elles ne désemplissent pas ; le bouche à oreille fonctionne. Elles élargissent le champ de leurs relations. Sans forcer les confidences, ils devinent ceux qui s'avouent à mi-mots. Lorsque leurs enfants surgissent, ils ont en réserve une chambre mansardée.

L'un comme l'autre redoutaient le rétrécissement de l'âge ; ils avaient envisagé de rejoindre une ville universitaire, ses activités diverses, ses rencontres, mais Antoine tenait à la mer. Le bénéfice des locations permet d'entretenir cette maison rongée par le sel et le vent ; il assure les incessants travaux de peinture, les réparations. La clôture en bois mitoyenne demandait à être consolidée ; les voisins, présents le temps des vacances scolaires, la négligeaient. Jeanne protestait :

– Antoine, tu pourrais leur demander une participation financière.

Il n'en faisait rien, à la fois trop fier et trop généreux pour une mesquinerie, lui semblait-il. Quelle part de timidité, voire de lâcheté, dans son refus de quémander ? Un jour qu'il la repeignait, en dépit d'une tendinite, Jeanne, excédée, en avait parlé à la voisine ; confuse, celle-ci avait aussitôt honoré sa part.

– Tu vois ! Tu manques de simplicité.

Antoine battait en retraite ; la porte de l'atelier se refermait. Un nuage passait.

J'irais bien me baigner tant qu'il n'y a personne sur la plage.

– Attends l'arrivée de la surveillance ! Un jour, on retrouvera ton corps flottant, bougonne parfois Antoine.

– Garde tes phobies pour toi, et d'ailleurs je ne suis plus une enfant.

Jeanne troque son pyjama contre un maillot, enfile une sortie-de-bain délavée et se glisse hors de *La maison*. Quelqu'un l'a précédée.

Hilde n'a pas mis le réveil ce dimanche matin. L'odeur de Manuel – celle du fumeur maigre qui l'envoûte alors qu'elle déteste la cigarette – ne l'a pas harponnée. Où suis-je ? Quelle est cette chambre ? Elle hésite entre les lambris de Rome et les poutres de l'enfance. Je suis au bord de la Manche, je me suis installée hier, c'est *La maison*, pour un mois. Elle guette les bruits du dedans – les écoulements d'eau, la chute d'un ustensile dans la cuisine, ceux du dehors – quelques voitures dans ce cul-de-sac de l'allée des Freesias, des bicyclettes, un appel.

Sans doute se rendort-elle brièvement car son propre ronflement la réveille. Quelqu'un est sorti, bientôt suivi d'une autre personne. À Rome, elle avait découvert progressivement les boursiers qui fréquentaient la cuisine commune. Elle apprécie le côté Babel, l'imprévu. Un bien-être l'envahit. Loisir. Elle va se préparer un petit-déjeuner à sa guise. En descendant l'escalier, elle découvre *La plage de Boulogne* et s'assied sur la dernière marche pour mieux la détailler ; elle s'attarde aux trois enfants près de l'âne, dans le dos de l'homme coiffé d'un canotier, l'ombrelle haute, qui scrute la mer ; elle se promet de dénicher la carte postale correspondante. Je l'enverrai à Manuel. Non ! Aller nager.

La marée monte, rongeant les îlots de sable sec ; elle emporte une sandalette, une serviette rouge, un râteau édenté. La plage rétrécit lentement. Bientôt l'heure accablante. Lever le siège et rentrer au frais, le temps d'un repas léger, d'un somme à l'ombre. Un mot d'ordre tacite vide l'espace.

Et soudain le cheval fou. Il accourt de l'extrémité de la plage et galope entre digue et vagues ; les obstacles qu'il rencontre excitent sa sauvagerie. L'ombrageux aura pris peur des bateaux, d'un plastique soulevé, d'un cerf-volant. Des yeux, on suit sa course effrénée, selle vide, étriers frénétiques battant les flancs. Déjà il atteint l'autre bout de la plage, bondit par-dessus l'estuaire de la Becque, s'évanouit. On croirait avoir rêvé. Cheval d'apocalypse, sombre et terrible. Sur la plage, tous enfourchent leurs démons.

Frédéric se souvient d'un bouleversement analogue : Papa, dont l'absence prolongée inquiétait, avait été découvert, dérivant sur sa planche poussée au large par un vent de terre ; un bateau allemand l'avait chargé à son bord puis confié au canot moteur de la surveillance. Maman était en état de panique. Elle avait vomi toute la nuit. De son lit bateau Frédéric l'entendait aller et venir entre la chambre et les toilettes. Il aurait voulu lui soutenir le front, comme elle-même le faisait lorsqu'il était secoué de nausées. Il n'avait pas osé.

Alertés par le piétinement ébranlant le sol, les enfants ont laissé leurs jeux. Matias demeure longtemps sidéré avant d'interpeller son père :

– Et son cavalier ?

Ses yeux fouillent l'horizon qui semble avoir avalé l'animal, se tournent vers l'autre extrémité où pourrait apparaître un humain désarçonné.

J'ai un fils de dix ans. Frédéric regarde Matias : ce qu'on remarque d'abord, ce sont ses yeux, très ouverts et clairs. Les cheveux coupés court réussissent encore à boucler. Cet hiver, il a grandi d'un coup. À son âge, j'ai eu le sentiment de quitter la zone des petits pour rivaliser avec les grands, sans connaître leurs tourments. J'étais infatigable. Plus tard étaient venus les soucis des filles, les exigences de l'école. À dix ans, je voulais être vétérinaire comme mon grand-père.

Matias veut être chercheur. Depuis qu'un enfant de son âge, privé des soins les plus élémentaires, a crevé l'écran du journal télévisé, sa décision est prise :

– Je saurai pourquoi je vis.

La formule avait surpris Pauline qui l'avait rapportée à Frédéric.

– Tu ne lui as pas demandé pourquoi il disait cela ?

– Non, l'expression était suffisamment parlante.

– Qui a-t-il entendu parler ainsi ?

– À l'école, on leur a demandé d'interroger trois personnes de leur entourage ; j'ai vu traîner des notes.

– Des notes ?

Le musicien qu'il est réagit au quart de tour.

– Il avait transcrit l'essentiel des réponses obtenues. Dix ans, c'est un âge métaphysique, l'as-tu oublié ?

Frédéric se promet de remettre la question sur le tapis un de ces jours, quand Laura et Rachel seront occupées à la salle de bain et Tom endormi avant même d'être au lit.

Et moi, pourquoi je vis ? S'est-il contenté de poursuivre sur sa lancée depuis l'enfance insouciante – peut-être que j'idéalise –, l'adolescence batailleuse ? Il sait bien que non. La passion du jeu qui l'avait saisi lorsqu'il était étudiant, l'a marqué ; il comprend ceux qu'aimantent les écrans. Après la difficile désintoxication, il avait pu reprendre ses études, mais il n'en menait pas large. Sa mère redoutait le recours à la drogue.

Il avait rebondi. Il avait eu la chance de rencontrer Pauline. Sa voix, velours sombre et râpeux, et son allant ; une intellectuelle fantasque ; la maternité l'avait révélée à elle-même. Après Matias sont venus Laura, malicieuse, et ce Tom touchant comme un jeune chien, surprenant. À un ami qui l'interrogeait :

– Qui voudrais-tu être, Tom ?
– Peter Pan
– Peter Pan ?
– Ben oui, pour voler. Toi pas ?

Combien de fois n'ai-je pas rêvé que je volais, pense Frédéric. Je descendais un escalier à toute allure, j'effleurais à peine la rampe puis je laissais cet appui et je décollais littéralement ; j'en éprouvais un plaisir impossible à exprimer. On a beau dire : « Cette nuit, j'ai rêvé que je volais », personne ne semble comprendre sauf ceux qui assurent : « Moi aussi », et encore ! il n'est pas certain que ce soit tout à fait pareil.

La veille du départ, Laura avait dit à Pauline :

– Il me faut une fille, Maman. Tu me vois seule avec trois hommes à la mer ?
– Des hommes à la mer ?

Laura avait flairé le jeu de mots.

– Maman, tu as bien compris. Je ne veux pas être rien qu'avec eux, ni dans l'appartement ni sur le sable.
– Invite une amie.
– Rachel est d'accord. Ses parents aussi.
– Ah bon ! C'est déjà conclu entre vous ?
– Je savais que tu dirais oui.

Frédéric s'était retrouvé avec les quatre enfants, les bagages et le plein de nourriture sur la route de la Manche. Il était arrivé à Hardresselle, le réservoir d'essence presque à sec. Il avait vu le regard de Matias sur l'aiguille dans le rouge ; le garçon s'était tu, mais Frédéric s'en voulait. Je ne suis pas prévoyant. Si j'étais tombé en panne avec les petits. Si... Le voilà relancé dans ses hypothèses et l'homme se tient toujours devant lui, se rapproche dangereusement, Frédéric braque à mort, redoutant d'aller heurter la barrière, redressant in extremis pour reprendre sa trajectoire. Est-ce que, dans son sillage, les conducteurs ont réussi le même exploit ? C'est incroyable de ne rien connaître de la suite. On est plein d'histoires comme celles-là. Des aventures auxquelles on se trouve mêlé un temps, dont on ignorera le développement. Pris dans un tissu, y posant un motif, sans jamais saisir l'ensemble.

– J'espère que le cavalier est vivant, soupire Matias

Frédéric les entraîne tous les quatre.

– La mer monte, on se baigne avant le déjeuner.

C'est la course ivre vers l'eau, les éclaboussures, les cris pour rire.

– Regarde, Papa ! Je fais la planche.

De l'appartement fermé au soleil, Julian n'a pas prêté attention au galop frénétique – il y a tant de cavaliers au bord de la Manche, même si, en pleine saison, la plage leur est interdite.

Le regardeur n'a rien noté. Vissé au fauteuil, il aurait souffert de cette vision ailée.

Hilde arrivait sur la digue ; elle s'est immobilisée ; elle a salué le dieu. Où court-il ? Où vas-tu ? Moi aussi je... Une levée de désirs insensés.

Et Mosane étendue dans la dune, les yeux clos, offerte au soleil qui la consume ? Le son de la musique montée à fond dans le creux de ses oreilles couvre les bruits du monde. Sourde et aveugle, réfugiée dans les paroles *Tu mens, tu mens,* une chanson de Maurane.

Dans l'embrasure de la Becque, Antoine et son chevalet sous le parasol ont failli être balayés par le cheval fou ; le souffle fiévreux, la sueur sur la robe luisante, l'écume aux lèvres, une apparition. Son geste s'aiguise. Un œil sur la mer, une oreille vers les sabots s'éloignant. Beauté hallucinante. Pourvu qu'un enfant.

Peindre, pense-t-il une fois de plus, c'est aller à rebours de ce qui est précaire, qu'une ruade peut faucher. Inscrire la mer contre le fugitif, retenir la vague qui déjà s'effondre. Pourquoi recommencer sans répit, reconstituer l'image qui se décompose, se dérobe ? Tenter de saisir l'instant dans sa couleur et sa forme déjà remises en question, déjà ailleurs, et autrement.

Peintre de marines. À huit ans, il imaginait des spécialistes de costumes marins, cols blancs et bérets à pompon. C'était avant qu'il n'accompagne ses parents au musée de Honfleur. La révélation. Mais la mer était en lui avant cela, regardée des heures du haut de la dune, à ras des vagues ; enfant incrédule, doutant du retour des marées, exigeant de rester là au bord sans boire ni manger, le temps nécessaire à ce qu'elle parte puis revienne.

Dans la mer, je déchiffre l'herbe et le printemps ; les nuages de pluie, le parfum des jacinthes bleues. C'est le roc et la falaise, c'est le labour – les sillons des champs semblent se jeter à l'eau. La mer, je l'aime, je la hais. Parfois je la garde sans ciller, des minutes, des heures. Et parfois je lui tourne délibérément le dos, soucieux de la voir par la seule imagination. Ce cheval.

Amélie s'est décidée trop tard à découvrir la digue : le cheval a disparu ; en revanche, elle y rencontre un homme jeune dans son fauteuil roulant. Depuis quand est-il rivé à ses quatre roues ? Si j'étais cet homme. Il a le teint hâlé des habitués de la côte. Visage un peu émacié, pommettes hautes et regard gris.

Julian a baissé les persiennes ; il n'a pas vu Théophile, l'homme aux couteaux, revenir vers la mer : les lumières des chalutiers brillent dans l'obscurité – des hommes pêchent. Le flux lessivera la plage ; rien ne restera des châteaux de sable ni des prénoms gravés du bout de la pelle ; un ballon dansera au sommet d'une vague.

Remontant vers la digue, Théophile lèvera les yeux vers l'immeuble éclairé ; au rez-de-chaussée une famille remuante, un homme seul avec quatre petits ; leurs voix l'atteindront depuis la terrasse à peine surélevée. Au dernier étage, un jeune handicapé qu'il voudrait connaître, mais leurs heures de promenade ne coïncident pas.

Lundi

Épuisée, apaisée, Hilde émerge de la mer matinale et se laisse sécher en marchant, avant d'enfiler la robe de plage, dissimulée derrière un rocher. D'un balcon terrasse, une voix d'homme l'interpelle ; elle devine un fauteuil roulant.

– J'ai laissé tomber mon stylo, pourriez-vous me le rapporter ? Je suis au dernier étage, la porte à droite de l'ascenseur.

La candeur de la demande la séduit, elle ramasse le stylo de prix qui a roulé dans l'herbe au pied du balcon du rez-de-chaussée : un, deux puis trois puis quatre enfants apparaissent.

– Vous voulez que j'y aille, Madame ? demande un garçon.

– Tu le connais ?

– C'est Julian.

Un homme surgit derrière eux.

– Bonjour ! Matias, tu es encore en pyjama !

Hilde préfère l'escalier ; la porte de Julian est ouverte ; elle tend le stylo.

– Merci. Je vous offre un café ou autre chose ? Je viens de presser des fruits.

Le fauteuil roulant la précède dans la salle de séjour éclairée par la baie. Les voici face à la plage qu'envahissent lentement les familles, les sportifs, les femmes seules éprises de soleil.

– Vous vivez ici toute l'année ?

– L'appartement appartient à mes parents. Je m'y suis installé, il y a trois mois en sortant de Berck où j'étais en revalidation.

Il marque un temps d'arrêt.

– Après l'accident.

– De voiture ?

– De moto. Un chauffard. J'étais en morceaux ; je ne sais pas si je vais récupérer.

Un coup léger à la porte d'entrée. Hilde va ouvrir : les deux fillettes entraperçues se tiennent sur le seuil.

– On peut embrasser Julian ?

– Je vous attendais.

Julian fait les présentations :

– Laura et Rachel, mes voisines d'en bas, et... Comment vous appelez-vous ?

– Hilde.

Les gamines l'embrassent dans le même mouvement et s'envolent après avoir posé sur la table une lettre et le journal.

– Elles guettent le facteur et se chamaillent à qui m'apportera le courrier ! Agréable de le recevoir tôt au lieu de le trouver quand je descends me promener l'après-midi.

– On prend vite de mauvaises habitudes !

Ils rient.

– Un autre jus ?

Julian se déplace avec aisance dans son espace. Il saisit trois oranges qu'il presse dans l'appareil électrique. Hilde admire la sûreté de ses gestes.

– Vous êtes en vacances ici ?

– Je vais travailler à l'accueil de l'hôtel des Dunes ; je commence demain ; j'ai loué une chambre d'hôtes à *La maison,* c'est à deux pas de la plage.

Julian écoute, mais il mène la conversation à sa guise.

– Ce qui m'aide, c'est le contact, avec des inconnus aussi bien qu'avec quelques proches et puis la musique, la lecture, l'étude, si je poursuis mon projet.

– Votre projet ?

– L'École de journalisme.

Hilde consulte sa montre.

– Je dois me changer avant d'aller signer mon contrat. Je repasserai.

Regards complices et la voici dans l'escalier. Un jour faste.

– Tu as vu le soleil ? Ne reste pas au lit, va te baigner ! Moi je pars au marché.

Amélie est véhémente.

Toute la nuit, ou presque – on ne sait pas quand on dort vraiment –, Mosane a écouté un vieil enregistrement de la voix des baleines dont raffolait son père. Un bain de sons. Sortir, marcher ou plonger dans l'eau lui ferait du bien, mais tant d'énergie serait nécessaire. Que la vie roule sans elle. Elle tâte son coude gauche, l'os saillant, aigu maintenant ; c'est devenu une manie – *Qu'est-ce qu'il a ton coude ?* – dont seul Papa ne riait pas ; dans son adolescence, il souffrait du même tic. Sur la table de chevet, dès l'arrivée, elle a placé une photo d'elle, six ans, collée au dos de son père sur sa moto ; il tourne vers elle un visage amusé. Il est beau, mon père.

Mosane sort par la fenêtre, le bikini vert sous le jean et le pull en coton très vague masquant sa maigreur. Amélie se réjouira qu'elle ait enfin quitté le lit, mais fulminera parce qu'elle n'a rien avalé une fois de plus et que le petit-déjeuner, c'est le repas essentiel, et qu'elle voit bien que Mosane ne se nourrit pas, et qu'à son âge on a besoin... Amélie devrait s'enregistrer et brancher la cassette : elle dépenserait moins de salive, ronchonne Mosane. Je deviens dure.

De toute manière Mosane sera loin et n'entendra plus. S'échapper, échapper, à quoi ? Sur le sentier qui mène à la plage, elle marche de son pas aérien ; elle ne pèse rien. Mais c'est encore trop concéder au gras, à l'inutile, au vain ; son corps lui déplaît souverainement ; ses yeux gris, ça va, mais le reste !

Qu'est-ce qui ne va pas ? Au psychologue à qui sa mère l'a conduite, elle a été incapable de répondre. L'homme jeune s'empêtrait dans ses questions : Vos résultats scolaires sont excellents. Vous avez un petit ami ? Elle a répondu oui pour le rassurer. Elle serait capable de lui fournir des détails vraisemblables grâce aux confidences de Gigi, mais en réalité elle repousse les garçons. Ils la trouvent intimidante, lui a rapporté son amie.

L'an dernier elle attirait les cousins, les amis, les étrangers de passage, tout en les tenant à distance. Elle n'était pas la dernière à lâcher le guidon dans la descente vertigineuse ni à s'élancer du plus haut plongeoir. Elle allait, grisée par la saveur de sa propre vie. Elle les entraînait dans le sillage de ses roues. Oui, l'an dernier. Maintenant elle roule seule, elle inquiète et elle maigrit. Autour d'elle, ils sont tous trop gros. « Qu'est-ce qu'on va manger ce soir ? » « Qu'as-tu goûté de bon au restau ? » On compare, on estime, on se souvient : « Ce gaspacho qu'avait préparé François ! » À l'école : « La cantine est dégueu », « J'espère que ma mère aura préparé un gratin ». Dans le bus, dans la rue, au marché. N'ont-ils vraiment rien d'autre à dire ? À l'autre extrême, les images insupportables des camps de réfugiés, les corps décharnés. Elle crève de ces contrastes. J'irai là-bas.

Mosane marche sur le banc de sable sec d'un pas enlevé. Les espadrilles à la main, jean roulé sur les mollets, elle entre dans la vague, serpent autour des chevilles, petit choc frais qui fait crier. Elle pourrait aller loin comme cela, estomac vide, sous le soleil qui monte. Elle atteindra la plage voisine dans une bonne heure.

De son poste d'observation, Julian détaille la silhouette qui s'éloigne. J'aimerais recevoir la visite de cette très jeune fille ; son extrême maigreur crie. Un animal sauvage à apprivoiser. Repérer ses sorties, négocier une descente d'ascenseur, une irruption sur la digue au moment stratégique. Si elle disparaissait à la fin de la semaine, il ne se pardonnerait pas de n'avoir pas essayé.

Mosane hait tout ce qui entre dans la bouche, dur ou mou, sec ou coulant. S'il lui arrive de grignoter une pomme ou du chocolat, pour se punir elle va se faire vomir aux toilettes. J'exagère, je sais. Elle ne peut s'empêcher de poursuivre l'expérience.

Jusqu'où tiendra-t-elle ? Ne pas aller en hôpital, c'est la dernière limite. L'an dernier elle a rendu visite à sa cousine hospitalisée en clinique psychiatrique ; dans la cafétéria, la solitude en commun l'a prise à la gorge : les familles repliées autour des êtres silencieux, prostrés, rigides ; les tables couvertes d'offrandes modestes : une grappe de raisin, des gâteaux, une tarte maison. L'humilité des parents étreignait le cœur ; parfois l'agressivité explosait à mots feutrés face au proche, inaccessible à leur tendresse. Mosane en était bouleversée. Ne jamais connaître cela. À quarante kilos, j'arrête. Mais j'arrête, c'est quoi ? Pourra-t-elle encore ingurgiter ce qu'elle refuse depuis si longtemps ? Ignorer le regard implorant de sa mère :

– Regarde sur les photos comme tu étais ronde et belle.

– Avec Papa, oui.

Ça y est ! Je l'ai encore blessée.

Pourquoi Papa est-il parti si loin ? Est-ce qu'il m'oublie ? Les cartes d'Asie se sont espacées. Un journaliste court tant de risques – attentat, embuscade, enlèvement, balle perdue. Arrête ! S'il était retenu en otage, il appellerait sur l'écran de télévision : « Je veux dire à ma fille Mosane que mes conditions de détention sont supportables et que je l'aime. » Il serait encore plus mince que la dernière fois, la barbe lui mangerait le visage, elle penserait qu'il n'a pas la possibilité de lessiver chaque soir ses vêtements dans le lavabo. Elle a toujours admiré la légèreté de ses bagages : « Rien dans les mains, rien dans les poches ; tout dans le cœur et la tête. » Est-ce de lui qu'elle tient le sac à dos presque vide dont se moquent les copines qui transportent avec elles leurs livres, leur attirail de beauté, voire leurs médicaments ? Ne pas peser.

Mosane marche. Dans le crépitement de la lumière, des formes à l'horizon. Papa. Me reconnaîtra-t-il avec mes cheveux presque ras ? Dans sa détresse, le jour de son départ, elle a couru se faire couper la toison luxuriante qu'il aimait. Il fallait le punir. Papa. Elle allonge le pas.

Hilde sort de l'hôtel des Dunes. Lundi, vraiment ? Dans le flux scolaire ou professionnel, c'est un jour au relief inflexible, mais ici... Elle est résolue à jouir de sa dernière journée de vacances. Elle voit passer l'adolescente squelettique, celle-là même qui a pris le repas de samedi soir sans desserrer les lèvres, en chipotant le confetti de son assiette. Mal partie. Qu'est-ce que ça veut dire ?

Hilde ne pense pas : Je voudrais réussir ma vie. Réussite, le mot évoque les interminables jeux de cartes étalées sur la table pour combler les soirées solitaires de sa grand-mère.

Il résonne aussi comme le slogan des battants acharnés à conquérir les marchés du monde avant de devenir des hommes d'affaires ventripotents au regard mort. Elle voudrait que sa vie rende un son juste, rien que cela. Oui, accomplir son existence. Avec qui partager cette aventure ? Elle avait cru que Manuel... Non, pas Manuel.

Hilde est assise au sommet de la dune. Sous elle, le sable fin ruisselle au moindre mouvement. Elle embrasse le paysage et commence à courir sur le sable dur. La silhouette filiforme qui vient à sa rencontre se précise. Brusquement elle vacille et s'effondre. Hilde accélère sa course et lui glisse en bouche le goulot de la bouteille d'eau :

– Buvez ! Une insolation sans doute.

Mosane n'a pas senti venir le vertige. Sur elle le ciel tournoie encore ; s'y inscrit le visage attentif. C'est bon, l'eau, même tiède. Elle la sent irriguer sa gorge, l'imagine traversant son corps translucide.

– Allons nous mettre à l'ombre du blockhaus.

Hilde épaule Mosane, la porte plutôt, jusqu'à la zone fraîche ; entre les blocs démantelés, elles s'étendent côte à côte. Rumeur de la marée montante, rires des mouettes à tête noire. Décidément il faut toujours que d'autres se mettent en travers de ma route ; je ne suis pas venue ici pour jouer les saint-bernard. Ce retour sur soi lui fait honte, suscite une autre vision : lui aussi, penché sur elle, ce jour de canicule romaine.

Si elles attendent la marée haute, elles seront obligées de marcher dans les flaques de goudron, les débris, les bris de verre. Elles se relèvent :

– Ça ira ?

Mosane s'éloigne. Personne n'aime être saisi dans un moment de faiblesse ; on en veut à ses bienfaiteurs, pense Hilde. Suffit ! Une adolescente, c'est fragile, ça casse ; surtout celle-là qui tient à un fil.

Dans la rue commerçante, Hilde achète un melon, des crevettes grises à éplucher, un carré d'Arras, du vin et une baguette. À *La maison*, personne ; elle s'en réjouit : pas envie de soutenir une conversation. Garder en elle l'adolescente, la chancelante, la rugueuse. Elle prépare son repas avec plaisir.

Je vais m'offrir une sieste. Elle cultive cette zone limitrophe dans laquelle affluent des images sans suite, des réminiscences. Aujourd'hui, une sculpture d'Henry Moore, *Mère à l'enfant* ; elle tournait lentement autour d'elle tandis qu'une jeune femme tenait passionnément son fils dans ses bras. « Maman, tu m'étouffes », protestait l'enfant ; crispation sur le visage de la mère. Elle devait prendre contre elle ce qui n'était qu'une protestation légitime. De l'air ! Comment la marcheuse du bord de mer est-elle avec sa mère ? Aurai-je un jour un enfant ?

L'envie brutale de téléphoner à Manuel. Non. Lire, se distraire, prendre le large. Elle sursaute : J'ai perdu une boucle d'oreille. Des turquoises « assorties à tes yeux » que lui avait offertes Manuel avec une grimace bizarre ; il donnait sans donner.

Le matin, le soleil ne pénètre pas dans l'appartement ; par contre, dès 14 heures, il faut baisser les persiennes. Lorsque c'est possible, Julian se fait conduire dans la pinède. Il fréquente peu la digue. Humilié. Avant l'accident, c'était lui qui regardait passer les quelques fauteuils roulants. Peu de personnes lui adressent la parole. Je ne peux pas leur en vouloir.

Il a remarqué une femme entre deux âges qui marche comme si elle fuyait. Elle porte un foulard. Une séquence de film lui revient : un gamin, gêné de son crâne dénudé par la chimiothérapie, entre en classe et découvre que les enfants et l'instituteur ont mis une casquette, comme lui ; la surprise provoque un fou rire libérateur. Je ne peux tout de même pas attendre qu'ils se procurent tous un fauteuil roulant. Julian imagine la digue transformée en esplanade de Lourdes. Je descends.

Au mur de la chambre d'hôtes, la *Vocation de saint Matthieu*, une reproduction du Caravage : le geste du Christ, pareil à celui d'Adam à la chapelle Sixtine, et, dans le prolongement, le mouvement de Matthieu manifestant sa stupéfaction d'être choisi. Les couleurs sont bonnes, proches de l'original ; Hilde se souvient du rouge qui avait éclaté lorsque, à la faveur de quelques pièces glissées dans la fente du mur, la lumière avait jailli. Manuel à ses côtés, ironique. Elle demandera à Jeanne si elle est allée à Rome. La voici qui traverse le jardin, un bouquet de gaillardes à la main.

Mosane rumine l'accueil de sa mère : Où étais-tu ? Je me faisais un sang d'encre – je déteste cette expression. On a téléphoné du journal de ton père – pourquoi ne dit-elle pas Olivier –, cela m'a paru étrange. Comment ont-ils notre adresse ? Quel moulin à paroles.

– Maman ! Ça veut dire quoi ! S'ils appellent, c'est qu'ils le cherchent.

– C'est vrai.

– Tu ne penses qu'à toi.

– Tu es dure, Mosane.

– Téléphone au journal ! Demande-leur des détails.

La voix impérative s'adoucit :

– Je t'en prie, Maman.

Au bout du fil, il n'y a qu'un répondeur ; il faut attendre la fin de l'heure de table. Pourquoi Papa et Maman n'ont-ils pas continué à vivre ensemble dans les intervalles où Papa était en France ? La vie de sa mère n'est pas drôle ; elle enregistre ses retours épuisés du lycée. Un lycée où Mosane n'a pas voulu s'inscrire. Pas envie d'être surveillée. Elles prennent toutes deux le bus le matin, dans des directions opposées. Certains jours, sachant que sa mère termine plus tard, elle s'attarde le long du fleuve. Elle marche comme elle marche ici, seule, à bercer ses questions.

À qui parler ? Lorsqu'ils habitaient Paris tous les trois, elle pouvait se confier à la bibliothécaire de l'école. Ensuite Papa s'en est allé, et pas seulement pour un reportage ; Maman a décidé de déménager à Angers : la vie y serait moins chère ; avec une sœur à Rochefort-sur-Loire, elle se sentirait moins isolée en cas de pépin. Mosane n'a eu qu'à suivre. De toute manière, à Angers ou à Paris, sans Papa, c'est l'enfer, enfin ! c'est n'importe quoi. Maman ne va pas bien. Elle prend des médicaments. Mosane la surprend parfois en pleine absence, hagarde. Il est même arrivé que, l'espace d'une minute, sa mère ne la reconnaisse plus.

– Maman ! c'est moi, ta fille.

– Oui.

– Tu es Amélie et moi Mosane.

Elle est revenue lentement à la réalité ; il a fallu que Mosane lui rappelle ce qu'elle faisait avant son malaise.

Mosane se balance dans le hamac du jardin ; soudain elle bondit :

– On réessaie.

D'autorité, elle forme le numéro de la rédaction. À peine a-t-elle donné son nom que la communication est interrompue. Une nouvelle tentative ne produit qu'une sonnerie répétitive. Avant que sa mère n'ait pu ouvrir la bouche, Mosane a filé. Sans avoir repris haleine, elle fait irruption sur la digue et heurte un fauteuil roulant.

– Ça va ? Vous ne vous êtes pas fait mal ?

– Non, je suis coriace.

– Vous alliez où comme cela ? Vous jeter à la mer ?

– Besoin de fuir. Mon père...

Elle ne va tout de même pas raconter sa vie à un inconnu. Il la talonne.

– Votre père ?

– Journaliste. En Asie. On est sans nouvelles.

– C'est grand, l'Asie. Où ?

– En Afghanistan.

Mosane n'en est plus très sûre ; son père se déplace souvent ; elle sait gré à l'homme de se taire.

– Vous me pousseriez sur la digue ? Mon fauteuil est électrique, mais j'aime qu'on m'accompagne, je suis avide de conversation.

Mosane saisit les poignées, s'y cramponne plutôt. Elle se voit du dehors comme cela lui arrive souvent : moi, je pousse un infirme. Je voudrais m'enfouir sous le sable.

– Quand avez-vous appris sa...

Il craint d'employer le mot *disparition*, Mosane le devine.

– Je vous ai vue rentrer d'une promenade avec une autre femme, en fin de matinée.

– Vous êtes flic ?

Sa propre dureté l'accable. Il ne se vexe pas.

– Non, mais vissé comme je suis à cet engin, j'ai de quoi ouvrir les yeux.

– Et alors ?

– Je vous ai vue partir seule, peu après cette femme qui courait le long de la mer. Vous vous connaissez ?

Mosane se hérisse, se calme :

– Nous louons des chambres d'hôtes dans la même maison, *La maison,* justement.

Elle répugne à évoquer sa tourniole. Elle prend l'offensive :

– Vous avez des jumelles ?

– Oui, mais pas aujourd'hui ; j'ai eu la flemme d'aller les chercher à l'intérieur. J'aime le matin sur le balcon.

Donc il n'a pas été témoin de son étourdissement. Elle se redresse :

– Et l'après-midi ?

– Trop chaud, trop de monde sur la plage, je quitte mon poste d'observation.

– Que faites-vous ?

À son tour ! Elle est bêtement fière de prendre l'avantage. Je mène l'enquête, garce ! avec un type réduit comme ça !

– Je me promène comme maintenant, à l'ombre si possible. Ou je me calfeutre et j'accueille une visite, j'écoute de la musique, je lis.

– Ah bon ! Quoi ?

– Votre père est parti depuis longtemps ?

– Il nous a quittées, il y a près d'un an.

– Nous ?

– Ma mère et moi.

Qu'a-t-elle besoin de raconter à ce type leur abandon ! Elle sent monter la rage :

– Et vous, depuis quand êtes-vous handicapé ?

Le mot lui racle la gorge ; voilà, elle l'a prononcé, elle guette sa réaction, mais lui poursuit comme si de rien n'était.

– Un accident de moto l'automne dernier. J'étais en rééducation non loin d'ici ; ma chambre donnait sur la Manche ; je me suis attaché à ce paysage que je croyais connaître. L'appartement appartient à ma famille.

Mosane s'est radoucie.

– Pas mal, mais, en dehors de la saison, c'est mort, non ? Le vent qui siffle ne te fait pas peur ?

Le « tu » lui a échappé ; inutile de le rattraper ; l'inconnu ne semble pas s'en formaliser.

– Il s'accorde à ma révolte.

– Contre l'accident ?

– Pas seulement.

Au bout de la digue, Mosane s'est assise sur le banc face à la mer, parallèlement au fauteuil roulant.

– Pourquoi mettez-vous toujours la main devant la bouche ?

Julian tourne la tête vers elle, interloqué :

– Quoi ?

– Vous gardez une main devant la bouche quand vous parlez, vous ne vous en rendez pas compte ?

– Non. Si.

Autrefois la gêne : les dents de devant ébréchées en sautant à pieds joints par-dessus un banc ; dents de lait, mais il avait fallu surveiller, aller chez le dentiste. Au sortir du coma, son premier geste avait été vers sa bouche. Non, elles n'étaient pas cassées, mais le reste, alors !

– Vous tâtez constamment votre coude. Pourquoi êtes-vous si maigre ?

Il voudrait rattraper sa question ; je me suis vengé, bêtement. Mosane est rodée à l'esquive.

– Vous faisiez quoi, avant ?

– J'ai étudié le droit ; je venais de passer l'examen d'entrée à l'École de journalisme quand...

– Vous l'avez réussi ?

– Oui, mais je n'ai pas pu commencer l'année en octobre puisque...

Mosane l'interrompt :

– Vous le ferez cet automne-ci.

Elle s'étonne de sa vigueur soudaine. Où va-t-elle chercher ses certitudes ?

– Je ne sais pas.

– Comment, vous ne savez pas ? C'est vous qui décidez, non ?

– Vous vous rendez compte de ce que vous dites ? Vous voyez comment je suis. Il faudrait que je trouve une chambre de plain-pied près de l'école.

Leurs voix se sont élevées ; un vieux couple qui se chamaille ; chacun veut avoir raison. Un passant se retourne et les dévisage.

– Ça doit se trouver.

– Vous alors ! un vrai bulldozer.

Mosane redevient sombre.

– Pour les autres je suis forte, mais pas pour moi. Ça m'énerve les gens qui ne se battent pas.

– Parce que vous pensez que je ne me bats pas ?

Détresses jumelles.

– On va venir me chercher pour aller dans la pinède. Vous me poussez dans l'autre sens ?

– D'accord, ensuite je rentrerai téléphoner au journal.

– Vous me tiendrez au courant ?

– Salut !

Dans sa course, Mosane heurte des enfants attroupés près du marchand de glaces.

– Tom, crie Frédéric, surveillant son troupeau depuis la plage, laisse un passage !

Ce type, ce type invraisemblable, je ne connais même pas son nom, pense Mosane en franchissant le seuil de *La maison.*

– Maman ! Maman ! tu as des nouvelles ? Maman ?

Tour rapide du rez-de-chaussée, du jardin. Jamais personne dans cette baraque.

Le chevalet planté dans son emplacement favori, Antoine jauge le travail de l'après-midi. D'un revers de couteau, il enlève le trop ; dégraisse, laisse assez pour que le reflet soit pris au piège. Mes marines sont sang et cris. Des vagues écumantes. Je lisse en vain les crêtes. Je mets du bronze. Je mets du lait. Les algues ont un goût amer et le sel craquelle tout. Celle-ci sera pour Alain. Comment imaginer qu'un enfant puisse mourir avant soi ? Il chasse l'image insoutenable.

Jeanne aperçoit Amélie et Mosane qui débarrassent la table du repas pris sous les pins et va vers elles.

– Venez prendre le dessert avec nous tout à l'heure.

Amélie feint d'ignorer la moue de Mosane.

– Vos gaillardes sont magnifiques ; si nous ne vivions pas en appartement, je vous en demanderais quelques pieds.

– Nous avons gardé la dune, un jardin sauvage avec quelques taches de couleur. J'aime les fleurs. Ma mère en connaissait tous les noms. J'étais fascinée. Il suffisait qu'elle prononce *ancolie*, *chèvrefeuille, clématite* et je les voyais surgir.

Lorsque la foule déserte la plage, Julian éprouve un vide, une douleur informe. Ainsi, lors des visites des parents au camp, leur présence incongrue bouleversait les usages de la meute. Le désir qu'ils s'en aillent au plus vite soudain remplacé par le désir de rentrer avec eux. Julian se fermait, embrassait du bout des lèvres et sentait le désarroi de sa mère. *Nudité de mes jours/on vous a crucifiée.* De quel poème remontent ces deux vers ? Ils scandaient les jours d'hôpital et viennent battre sa plage les soirs sans lumière où l'on voudrait mourir puisqu'on ne peut être ailleurs ni autrement. La mer m'use, m'exaspère parfois.

Deux véliplanchistes attaquent la vague – le vent est monté ce soir. À part eux, rien que des mouettes et un cerf-volant grisé d'espace. Non ! voici une grosse dame orange et un enfant, résolus à ne pas s'en aller avant que tombe la nuit. Elle, cheveux plaqués par le vent, jambes écartées pour soutenir le poids de son corps obèse et lui courant autour d'elle. D'une main, elle tient ses chaussures ; de l'autre, elle désigne l'une ou l'autre chose à l'enfant qui poursuit sa danse du scalp.

L'eau frissonne, ondule et miroite sous le ciel ; à contre-jour, les deux silhouettes ont quelque chose de magique. *Je voudrais que cela ne finisse pas !* Julian se surprend à prononcer ces mots de l'enfance lorsque les grandes personnes le laissaient s'attarder dans l'obscurité montante. S'il pouvait descendre, courir, se joindre à eux. Il demeure rivé à ses jumelles qui circonscrivent l'objet de son attention, lui conférant une ampleur sans doute démesurée.

Amélie se présente seule, tendue, volubile :

– Mosane est allée se coucher, elle dit qu'elle n'est pas bien ; je crois qu'elle redoutait le dessert. Elle ne mange presque rien, vous avez vu comment elle est ?

– Est-elle suivie ? demande Antoine.

– Oui. Si elle continue à perdre du poids, il faudra l'hospitaliser à la rentrée ; une année scolaire mal commencée, est-ce que cela se rattrape ?

– Depuis quand ? ose Jeanne.

– Elle a d'abord fait des caprices quand son père et moi nous avons commencé à nous quereller. Lorsqu'il nous a quittées, elle a presque cessé de s'alimenter.

– Qu'en dit-il ?

– Nous ne l'avons plus vu depuis six mois. Dans sa dernière lettre, il parlait d'une mission en Afghanistan ; nous sommes sans nouvelles.

Mardi

La semaine prochaine j'aurai soixante-quinze ans. C'est la première pensée d'Antoine au réveil. *Un vieux*, aurait dit l'enfant de sept ans qu'il a été. Oui je suis vieux ; l'incrédulité, la peur sourde de ce qui s'annonce : la maladie, la dépendance, la grande inconnue. Mais pour six jours encore, j'en ai soixante-quatorze. Il approche les lèvres de la porcelaine bleue – son bol attitré –, hume le thé fort. Brûlant. C'est déjà beau d'être vivant. Il y a bien ces trous de mémoire, ces douleurs vagues, l'engourdissement d'un membre ou l'autre, mais ça va. Pas besoin de voir un médecin (ah oui ! ce rendez-vous chez le dentiste, mais il est trop tôt pour appeler) ni d'inquiéter Jeanne.

Antoine passe une veste aux coudes rapetassés. Je n'aime pas les vêtements neufs et d'ailleurs, c'est pour peindre. Sur le seuil de la cuisine, il boit lentement face à la dune. Son rituel. Trois lapins l'ignorent. Il pénètre dans l'atelier. L'odeur de térébenthine lui saute au nez, l'enivre. Il regarde la lumière jouer sur le plancher, les murs, les toiles posées à même le sol. Quand les enfants étaient petits, c'était l'écurie des poneys – ils les montaient avant de prendre le bus vers l'école ; il a remplacé le toit par une verrière ; Jeanne a transformé en bureau la mezzanine qui leur servait de salle de jeux. À chacun son territoire, même et surtout lorsqu'on vit à deux. Difficile, la vie conjuguée et difficile, la vie célibataire, rien ne va de soi ; tout est à remettre en jeu, sans cesse.

Les maçons ont sorti leur truelle et commencé à dresser le mur. Ils travaillent mollement. Les militaires ont sauté dans la Jeep, réajusté leur tenue, vérifié une dernière fois leur équipement.

Antoine fait le tour du propriétaire, une façon de se remettre en mémoire le travail de la veille avant de le poursuivre. Il s'accroupit devant une petite toile rouge, marquée de sable.

Le chauffeur met le moteur en marche. La Jeep démarre en trombe et s'engouffre dans la rue grouillante. Les premières pierres volent, lancées par des gamins plaqués dans les encoignures de porte ; elles ricochent sur le véhicule.

Il voudrait inventer, inventer vraiment. Il saisit des bricoles rapportées d'une brocante, les assemble sur les tréteaux, modifie l'espace entre elles, laisse venir. Le réseau de possibles.

Les soldats deviennent de plus en plus nerveux. Ces gosses, comme des mouches ! les exterminer. L'ordre est formel ce matin : « Ne pas provoquer d'incident. » Leur seule présence sur ce territoire constitue une insulte, combien s'en doutent ?

La radio marche en sourdine. Reportage ou fiction ? On parle d'une voiture piégée sur le trajet d'une Jeep chargée de jeunes soldats. Les représailles ont déjà commencé. Ce monde en guerre. Est-ce qu'aujourd'hui il sera inspiré ? Pourquoi n'ai-je pas été un artiste à part entière ? Ce serait trop facile d'incriminer mon éducation ou la responsabilité d'une famille ; Jeanne gagnait sa vie. Non, j'ai manqué de force intérieure. Peut-on se racheter ?

Un bricoleur, voilà ce que je suis. Un ingénieur. Comme mon père. Il avait été en captivité en Allemagne, pendant une année. Enfant, j'avais senti l'anxiété constante de ma mère, observé le visage aux traits tirés ; j'assistais à la cérémonie du « colis au prisonnier » qu'elle préparait chaque mois, au prix d'économies sur nos rations. Plus tard un ami de mon père, prisonnier avec lui, m'avait raconté qu'il en partageait le contenu entre ses voisins de baraquement et dévorait son lot sans attendre, rien que pour manger presque à sa faim, connaître brièvement l'ancienne satiété.

La joie du retour avait été brève ; le couple avait commencé à se déchirer. À travers les reproches voilés de ma mère devenue cassante, j'apprenais que mon père multipliait les conquêtes, revenant à la maison après plusieurs jours de déplacements soi-disant professionnels. Ni l'un ni l'autre ne se décidaient à la séparation. L'aimait-il à sa façon ? Craignait-elle un déclassement social, la précarité matérielle ? Je hurlais à voix basse dans le désert de la maison, au milieu des coups et blessures par paroles interposées. Je m'endormais les mains sur les oreilles pour ne pas les entendre cracher à voix courtoise les insultes irrévocables. Les mots couteaux. Je ne supporte pas l'hypocrisie.

Est-ce que mon père et ma mère se sont pardonnés avant de mourir ? J'étais en mission à l'étranger quand leur voiture est tombée dans le canal. Les nuits d'épouvante, je rêvais d'une dispute, d'un coup de volant fatal. Le verglas survenu sournoisement cette fin de janvier avait justifié l'accident pour la police, la presse, la famille. On ne saura jamais.

Lors d'un voyage à Rome, au Musée étrusque, Jeanne et moi, nous sommes tombés en arrêt devant *Le sarcophage des époux*, daté du VIe siècle avant J.-C. ; nous scrutions leurs sourires sereins, la proximité dans la différence, les gestes des mains. On aurait dit qu'elle parlait et que lui, tout en lui posant la main sur l'épaule droite, de la main gauche nous prenait à témoin. *Ni avec toi ni sans toi.* Lorsque je me tais, elle entend ce que je me dis à moi-même ; si elle vérifie, c'est pour constater qu'elle ne s'est pas trompée. Et cependant l'agacement revient à la surface. Souffle le vent mauvais. Nous devrions retourner à Rome. En attendant, je suis dans l'atelier.

Antoine s'effraie des interférences, des irruptions de plus en plus fréquentes du passé dans le présent. S'il n'est pas concentré sur une tâche précise, sa pensée dérive et revisite les années dépassées. Il revient à la toile rouge. Je n'y toucherai pas : elle est bien ainsi ; je l'abîmerais. Tenter autre chose. Le fusain court sur la feuille.

Hilde passe son bol sous le robinet, range pain, beurre et miel, saisit l'éponge.

– Laissez ! ne vous mettez pas en retard.

Hilde sourit à Jeanne avant d'attraper son sac.

– Vous serez à la plage ce midi ?

Jeanne est prise de court :

– Probablement.

– Mon service à l'hôtel s'interrompt au milieu de la journée.

Tandis que s'éloigne le pas de Hilde, Jeanne se malmène : Quand renoncerai-je à faire plaisir à n'importe quel prix? La semaine dernière, elle s'est encore laissé piéger: entrée dans un magasin de lingerie, elle en est ressortie avec une sortie-de-bain d'une couleur sinistre, uniquement parce qu'elle avait fait descendre de son échelle la vendeuse occupée à laver la vitrine. C'est son métier! avait rétorqué l'amie à qui elle contait sa mésaventure.

Penchée sur la table, l'éponge à la main, Jeanne sent monter l'irritation. Quand apprendrai-je à dire non paisiblement? Même si je ne rejoins pas Hilde ce midi, le remords me gâchera le loisir; j'irai sur la plage, fâchée contre elle et contre moi.

Mosane examine le collage qu'elle a punaisé au mur: un papier fin, presque un tissu, aux bords effilochés; il pourrait se déchirer. Elle ferait mieux de le protéger, mais non! ce qui compte, c'est qu'elle l'ait dans l'œil. Cette manie qu'ont les autres de conserver, de collectionner.

Sur ce papier rouge, est posé un carré d'un noir profond, mais qui devient gris vers la droite; l'or d'un petit rectangle en haut s'oppose au carré rouge sombre, posé symétriquement en bas à gauche; elle aime le jeu subtil des formes et des couleurs. Un appel téléphonique résonne dans une chambre de l'étage et personne ne répond. Comme un cri poussé en vain. Ce collage viatique, cadeau de son père qu'elle emporte partout, elle aimerait le montrer à Julian.

Mosane ignore qu'en face du lit de Julian un tableau lui rappelle l'enfant des fièvres autrefois : une vaste maison dissimulée derrière un foisonnement de verdure – camaïeu de verts, épais ici, transparents là – avec des touches ambrées ; un tableau dont il a oublié l'origine afin de mieux se l'approprier.

Julian observe les gros insectes s'affairant lourdement au nettoyage de la digue, de la plage. Chaque matin, le ménage pointilleux. Le soleil pousse un rayon entre deux immeubles et délimite une zone éclairée qui va s'élargissant. Le premier à courir libre sur le sable est un homme âgé. Que fera-t-il de sa journée ? Et moi ? Julian se surprend à parler seul. Attention, mon vieux ! si tu ne te surveilles pas, tu vas mal tourner. Voici l'enfant trisomique et son père qui commencent leur première partie de volant de la journée ; le garçon s'esclaffe de plaisir chaque fois que l'homme rate la balle. Il le fait exprès, ce n'est pas possible !

Sortie tôt pour les courses, Amélie a emprunté le vélo de Jeanne. L'envie d'être seule sans se préoccuper de Mosane. J'en fais trop pour elle. Elle roule lentement par les allées tranquilles qui montent et descendent au flanc des collines du Boulonnais ; elle a dix ans, elle a vingt ans, trente. Les roses trémières passent la tête par-dessus le muret écroulé, du plus pâle au presque noir, une exubérance contagieuse. Un parterre savamment ordonné précède la maison en forme de pont épousant la dune. À leurs jardins, je peux imaginer les habitants. Sur la piste cavalière trottent une douzaine de jeunes que le moniteur emmène vers le bord de mer : je devine le cœur battant de certains qui redoutent de ne pas tenir leur cheval excité par les voiles au vent.

Olivier n'aurait pas pu la comprendre. Il fallait si peu pour qu'elle se retire au fond d'elle-même. Son extrême susceptibilité. Certains soirs, il rentrait survolté du journal, le repas avait refroidi. Elle regardait un film à la télévision ; l'accueil du bout des lèvres. Une manière de lui signifier qu'il était importun alors qu'une heure auparavant, elle souhaitait ardemment son retour ; ce n'était plus le moment. Lui faisait-elle payer ses angoisses lorsqu'il était au loin ? Elle aurait aimé interroger une proche, savoir si elle aussi, mais qui ? Le déménagement n'avait pas favorisé les relations.

Et cette froideur la dernière fois – elle ignorait que c'était la dernière. Elle n'avait jamais levé les yeux sur Olivier qui s'agitait mal à l'aise, ayant envie de parler; elle le décourageait par son éloignement; elle s'en mord les doigts. On ne peut rien recommencer.

Jeanne n'est pas venue. Hilde a glissé dans le sommeil avec, sur le ventre, *La Divine Comédie* – ouvrage imposant, acheté pour Manuel, qu'elle ne lui a pas offert; vraiment pas un livre de plage! C'est son poids qu'elle a senti au réveil, pareil à celui d'une tête d'homme après l'amour. Secoue-toi. Ta vie n'est pas finie. Le nom qui ronge. Le nom qui ne sera plus prononcé. Le sien. Lui, l'égaré de tous les chemins. Ne romance pas.

Elle pose le livre à côté d'elle, s'assied, soupire: un groupe a laissé les reliefs du pique-nique à deux pas de la poubelle. Ils exagèrent. Hilde se lève et va jeter les déchets. Je n'aime ni la laideur ni les gens repus. Son regard balaie les attardés à la terrasse de l'unique brasserie de la digue, face aux barquettes de frites, aux chopes de bière.

Sa peau est brûlante; un coup de soleil. *Je te l'avais bien dit!* aurait lancé sa mère, mais non, il n'y avait pas de point d'exclamation, je lui prête de mauvais sentiments qu'elle n'avait pas, rien qu'une manie ménagère: tout à sa place et l'obéissance érigée en vertu cardinale.

Même en mai, dans les jardins Borghese, la chaleur peut être accablante. Les moustiques-tigres s'affairent et piquent sans se signaler. Les couples d'amoureux pullulent. Rome est une ville pour l'amour ; la solitude du cœur s'y ressent amèrement. Étrangère, je marche dans la ville étrangère. Ici je ne reconnais rien ni personne. Les passants passent sans m'apercevoir. Ils parlent une langue qui ne me dit rien. Ils rient sans moi, de moi peut-être.

Ce pincement d'alors, elle le retrouve de manière aiguë ce jour d'août, au bord de la Manche. Au milieu des voix polyglottes de l'hôtel où elle travaille, de cette plage que fréquentent Anglais, Allemands, Hollandais, l'isolement est analogue. Ils s'adressent à l'accueil pour un service ; moi, je ne suis personne. Hilde se retourne sur le ventre, interroge les rêves qui la harcèlent ; celui des clefs revient régulièrement.

À la fenêtre, Jeanne s'attarde : elle ne se lasse pas de la blondeur des dunes, du foisonnement des hortensias masquant les taches d'humidité au bas du mur. La sirène stridente d'une ambulance vient rayer le cristal de l'air. Accident de la route ? Infarctus ? Hydrocution d'un imprudent sorti tout chaud d'un car et plongé dans le froid de la Manche ? Ce n'est pas ton affaire. Tu n'exerces plus la médecine, ne l'oublie pas.

Cette nuit, elle a encore retrouvé Aldo. Son ami lui avait confié le bonheur des rêves : ils lui rendaient sa vitalité perdue au point qu'au réveil, l'obligation de réintégrer un corps gravement atteint lui était intolérable. Alain en est-il déjà là ?

Lors de leur ultime conversation, elle avait cueilli sur les lèvres d'Aldo un « j'aurais dû... » ; il était trop loin déjà pour formuler sa pensée. Quel regret empoisonnait son départ ? Elle n'aime pas penser à ces trois derniers mots, inhabituels dans la bouche de l'homme d'action qu'elle a fréquenté. Elle préfère ressusciter leur dernière sortie au Musée de la ville ; ils s'étaient donné rendez-vous sur place. De loin, elle l'avait aperçu arrivant par les jardins, le visage gonflé sous l'effet de la cortisone ; l'effort pour être gai faisait écran au désarroi. Nous n'avions pas dépassé l'exposition temporaire. Sa respiration était courte. Nous étions allés lentement vers le café le plus proche. Une halte. J'avais raccompagné Aldo en voiture ; il était content de cette virée. Il avait digéré et même goûté la bière. Dans le rétroviseur, je l'avais suivi des yeux : il avait franchi la courte distance entre la voiture et sa maison en chancelant. Demain reprendrait la chimiothérapie.

Aldo. Jeanne effleure des yeux la couverture rouge du dernier album d'art qu'il lui a offert : les dessins de Léonard de Vinci. Heureuse avec Antoine, elle se sentait bien avec Aldo. Une amitié ancienne, nourrie d'enthousiasmes. Pour Jeanne, la chair n'a jamais été triste. Ils avaient été amants brièvement. Comme des enfants. Ils n'étaient plus des enfants. Ils ne faisaient de tort à personne, se disaient-ils, mais ils n'aimaient ni l'un ni l'autre la clandestinité, la souffrance possible des tiers, alors ils avaient renoncé ; joyeusement serait trop dire, mais sans drame, d'autant plus qu'Aldo avait été muté assez loin de Boulogne.

Entre eux deux, un pacte. Elle n'en avait rien dit à Antoine ni à personne ; dans sa clientèle, elle avait observé les désastres provoqués par les soi-disant aveux, destinés à soulager la conscience plutôt qu'à rétablir une vérité. Il y entrait beaucoup de complaisance. Elle était assez grande pour assumer. Chaque être a son secret.

Sa voix au téléphone lorsqu'il l'avait appelée après tant d'années. Mon Dieu ! le choc.

– Je peux te voir ?

– Viens.

C'est à elle, la première, qu'il avait parlé de ce mélanome malin et pas seulement parce qu'elle était médecin. Jeanne avait pris le visage d'Aldo entre ses mains : Tu peux compter sur moi.

Comment aurais-je pu deviner qu'Alain se livrerait à son tour, qu'il faudrait refaire le chemin ? Vais-je donc les enterrer tous ?

La saveur cependant, envers et contre tout, le goût d'exister renaissant en dépit des chutes de régime, des moments où tout se décolore, se révèle angoissant. Ta vitalité, admire Antoine.

Jeanne perçoit un mouvement : Mosane a sauté par la fenêtre et enjambe la clôture. Elle doit savoir que je suis à quelques pas d'elle. Les adolescentes sont si retorses. Mosane. Son nom comme une mouche importune.

Deux tiges du rosier de façade ont été cassées – coup de vent ou malveillance ; Jeanne les détache et les dispose dans un vase transparent qu'elle pose sur le guéridon de l'entrée, à proximité du Manet. Elle recule. On dirait que les roses jaunes légèrement touchées d'orange ont engrangé de la lumière et rayonnent.

Une envie de marcher le long de l'eau. Ne fais pas semblant d'ignorer que tu es sur ses traces. Soudain ils sont là : Mosane et le jeune homme dans le fauteuil roulant ; ils ne la remarquent pas, captivés par leur conversation. Comme ils sont jeunes.

Julian ? Pourquoi Julian plutôt que Julien comme tout le monde ? interroge Mosane ; elle a envie de le piquer.

– Ma mère aimait, elle aime *Le Rouge et le Noir*, Julien Sorel – vous vous souvenez ?

Mosane se hérisse aussitôt : pour qui me prend-il ? Julian n'a rien remarqué.

– Mais elle voulait se démarquer, alors elle a changé une lettre. Et vous ? Mosane, c'est pas mal non plus.

Elle ne répondra pas : un secret entre son père et elle.

– À l'école, on ne s'est pas moqué de vous ?

– Aujourd'hui entre Kevin, Saïd et Malika, qui s'étonnerait ?

Ce vendredi-là, Hilde avait négligé d'emporter une boisson avant de s'aventurer à travers les quartiers entre la Piazza del Popolo, le Tibre, Saint-Louis-des-Français. Ulcérée par la mesquinerie d'Anna, sa collègue, elle avait erré par les rues jusqu'à ce qu'elle s'écroule à l'entrée d'un bureau de poste ; lorsqu'elle avait ouvert les yeux, les premiers secours s'annonçaient, mais surtout un visage anxieux, proche du sien, une main tenant la sienne.

– *Come sentilei ?*

L'accent français ne l'avait pas trompée, elle avait répondu dans leur langue commune.

– Ce n'est rien, un étourdissement, la chaleur.

Il lui avait tendu une bouteille d'eau. Les badauds s'éloignaient. Il l'avait emmenée dans l'ombre fraîche de l'église ; passant devant la mendiante au visage mutilé, il avait sorti une pièce de sa poche. *Que Dieu vous bénisse !*

– C'est ici qu'on peut voir les Caravage, n'est-ce pas ?

– Vous allez vraiment mieux !

Ils n'étaient pas allés jusqu'à la chapelle de gauche ; ils étaient ressortis s'installer dans la première trattoria ; devant un *vino rosso*, ils avaient parlé, parlé, écouté, écouté. Comment peut-on se sentir aussitôt de plain-pied ? À se saouler de connivence. Ils savaient combien cette impression de *reconnaissance* était banale ; ils y cédaient cependant. Tous leurs chemins semblaient converger vers la ville fondatrice ; une aimantation qui les avait amenés l'un et l'autre là, au même moment. Conjonction d'astres. Les premiers réverbères s'allumaient lorsqu'il l'avait ramenée à l'Academia.

Manuel. Le premier visage qui s'était détaché dans la ville étrangère ; elle avait préféré le rauque de sa voix au registre chantant des Italiens. Il était pensionnaire à la Villa Médicis. Ils prirent l'habitude de se retrouver en fin de journée. Ensemble, ils balisaient les innombrables musées, rues et jardins. Ils s'accordaient, s'opposaient ; ils variaient leurs itinéraires. Ils étaient dans la période faste de l'amour, lorsque l'un pour l'autre est sujet d'étonnement. L'enchantement mutuel.

Hilde n'avait jamais été coquette. À partir de lui, elle avait porté des boucles d'oreilles longues qui accompagnaient le moindre mouvement, un collier au cou pâle que les cheveux relevés mettaient en valeur, des robes fluides et dansantes. Les regards s'attardaient au lieu de glisser sur elle. À son insu l'amour l'allumait. Lui, bien sûr, en était le premier bénéficiaire ; il en jouait, distribuant louanges ou remarques ironiques selon son humeur.

Elle avait vite découvert à quel point il était ombrageux, rétractile, écorché vif même. Il suffisait de peu – une évocation personnelle, un malentendu – pour qu'il devienne raide, visage crispé ; sa voix se plombait. Elle s'inquiétait :

– J'ai dit quelque chose qui te blesse ?

– Non, ne t'occupe pas, c'est moi. Je suis de mauvaise compagnie.

– Tu préfères rester seul ?

– La solitude, j'en suis saturé.

– Alors ?

Elle y perdait son bon sens. Comment sortir de sa bulle pour entrer, ne serait-ce qu'un instant, dans la vision de celui qu'on aime ?

– C'est facile pour toi : tu as toujours embrassé la vie sur la bouche.

Hilde sursautait ; elle le trouvait parfois affecté. C'est vrai que pour elle tout semblait aller de soi. Depuis l'enfance, elle avait été aimée, elle aimait. Était-ce pour cela qu'elle se heurtait à l'hostilité de la bibliothécaire ? Vers Anna, elle était allée avec le même élan, mais elle avait reçu comme une lame l'éclair de ses yeux d'un beau vert. Initier une stagiaire lui pesait, elle ne se privait pas de le faire sentir.

Ils étaient assis et contemplaient les pins parasols, les clochers de la ville, une montgolfière bleue et or.

– Donne-moi ta force, lui avait-il dit en lui saisissant la main à la dérobée pour la première fois.

Ils avaient franchi allègrement les étapes. Parce qu'elle était émue par sa détresse ou simplement parce qu'il l'attirait comme aucun avant lui ? On ne peut pas démêler les fils de la nasse.

Donne-moi ta force. Il l'avait redit en d'autres occasions. Devinait-il qu'elle tentait de s'éloigner, de se soustraire au danger pressenti ? Elle ne résistait pas à cet appel, balayant le soupçon insidieux : Manuel ne fabriquait-il pas lui-même son propre malheur ? Il faisait l'amour comme on se noie. Sauve-t-on celui qui veut se perdre ? Le piège ordinaire. Elle y était tombée.

Il sera bientôt l'heure de prendre son service. Les clients de l'hôtel des Dunes ont un dénominateur commun : l'argent facile et l'impatience. Ils ne supportent pas qu'elle s'absente un instant de son poste ou qu'elle soit au téléphone lorsqu'ils ont besoin de leur clef de chambre. Chacun se veut le premier servi.

Jeanne sur la digue vient de repérer Hilde endormie, un livre sur le ventre, lorsque la voix de Mosane la surprend :

– Jeanne ! Je vous présente Julian.

Elle se retourne, touchée que la jeune fille n'ait pas feint de l'ignorer ; elle prend les devants.

– Vous avez des projets ? Je vous emmènerais bien au cimetière militaire : les inscriptions sur les tombes sont impressionnantes et puis on voit la mer entre les pins, c'est magique.

Sa voix est pleine d'images. Mosane et Julian n'y résistent pas.

– Mon fauteuil roulant ?

– Il entrera dans ma voiture. Sur place, une rampe d'accès est prévue. Quinze heures ?

– Je repars avec vous. À tout à l'heure, Julian !

Jeanne et Mosane sur la route de *La maison.*

– On boirait bien quelque chose ?

Mosane ne dit pas non. Elles entrent dans la crêperie qui sent le détergent.

– Dans le fond, nous serons plus tranquilles.

Mosane s'attache à la grande photo sur le mur derrière Jeanne ; elle représente les bains de mer autrefois : la cabine roulante menée par un cheval, analogue à celle qui se trouve au centre du tableau de Manet dans l'entrée de *La maison.*

– J'ai un fils plus âgé que Julian, mais lui, c'est un autre handicap : le sida.

– Moi je ne supporte pas l'absence de mon père.

Jeanne a posé la main sur la sienne, Mosane ne l'a pas retirée.

Le beau temps persiste. Ils réintègrent l'appartement en toute fin d'après-midi ; la douche, le repas, Tom glisse presque endormi de sa chaise et Frédéric n'a qu'à le porter dans son lit.

– Dors mon amour.

Laura et Rachel ont encore de l'énergie à revendre.

– On peut retourner sur la plage ?

C'est le luxe : à marée basse, en pyjama, se livrer aux confidences, seules face à l'étendue. Elles filent, radieuses. Matias annonce :

– Je vais porter le reste de tarte aux pruneaux à Julian.

Il est déjà dans l'escalier. Frédéric s'installe sur le balcon et sort sa flûte.

Matias juge la sonnette trop brutale, il frappe. Un roulement à peine perceptible, la porte s'ouvre : Julian fait marche arrière pour laisser passer le garçon.

– Je vous apporte un dessert.

– Viens sur le balcon, je regardais le coucher de soleil.

– Papa fait la même chose, écoutez : il joue de la flûte.

– De Pan.

– Peter Pan ?

– Non ! Le dieu Pan.

– Tom voudrait être Peter Pan plus tard.

– Intéressant. Et toi, que fais-tu dans la vie ?

– Je vais à l'école ; je joue du saxo, je suis dans un groupe d'impro, je fais de la compétition en natation.

Matias pense que Julian lui aussi aimait nager ; il se reproche sa spontanéité.

– Et vous ?

– Avant l'accident, je voulais être journaliste.

– Et alors ? C'est un métier qu'on peut pratiquer derrière un écran ; rien ne vous en empêche.

Ces jeunes – Mosane, Matias maintenant – ne se doutent de rien ! Ils ne voient d'obstacle nulle part. Moi aussi avant. Je suis dégrisé.

– Choisis un CD si tu veux.

Sur le lecteur, il y a Maurane. Matias allume. Bientôt la voix s'élève, ample et chaude.

– Comment as-tu deviné que c'était ma musique fétiche ?

– J'ai eu envie d'entendre ce que vous écoutiez.

Ils l'écoutent tandis que le soleil s'abîme dans d'invraisemblables couleurs, des rouges, des oranges, des violets ; indescriptible, alors ils se taisent. Laura et Rachel ont dû rentrer : on ne voit plus personne sur le sable devenu terne, presque noir ; demeurent les balises jaunes ponctuant l'espace et déjà le clignotement des premiers chalutiers.

– C'est beau.

On sonne. Matias va ouvrir. Frédéric sur le seuil, embarrassé :

– Je venais te rappeler l'heure. Ce n'est pas Maurane que vous écoutez ?

– Exact !

– Tu connais, Papa ? Tu ne me l'avais pas dit.

– Mais Matias ! chacun a son jardin ; il arrive qu'on s'y rencontre.

Tous les trois devant la mer, les dernières traces de l'incendie, la rumeur inlassable.

– Demain midi, je vous invite à pique-niquer sur notre balcon ; si votre amie veut vous accompagner, elle est la bienvenue.

– Mon amie ?

– La jeune fille très mince qui...

– J'apporterai la boisson.

Dans l'escalier, Matias suit Frédéric sans commentaire. L'appartement est silencieux, les trois dorment. Ils s'attardent sur le balcon. Au loin, un feu d'artifice artisanal lance ses étoiles blanches.

– Tu crois qu'il va vivre toute sa vie en fauteuil roulant ?

– Comment savoir ? J'ignore la gravité des lésions.

– Lésions ?

– Est-ce que la moelle épinière est abîmée définitivement ?

– C'est un accident de moto l'an dernier. Un chauffard. Il n'est même pas en prison.

– Qui te l'a dit ?

– Tom. Tu crois dans la justice, toi, Papa ?

– Pose la question à Julian, il a étudié le droit.

– Comment tu le sais ?

– Tom, bien sûr, notre agent d'information.

– Pas gêné, celui-là ! Oui, mais toi ?

– La justice, c'est un idéal.

Frédéric autrefois, petit coq dressé face à son père : « C'est trop injuste ! »

– Alors ?

– Ce sont des hommes qui l'exercent ; eux n'ont rien d'idéal.

– Tu réponds à côté. Bonsoir Papa.

Allons ! Je l'ai déçu. Mais comment fait-on pour ne pas décevoir ses enfants ? Frédéric reprend sa flûte. Le téléphone l'interrompt : l'heure de Pauline. Elle répond mieux que moi aux innombrables questions de Matias.

– Tu me manques !

– J'allais dire la même chose. Et les enfants ?

– Ça bouge, ça bronze. Ah oui ! une nouvelle recrue : Julian, un jeune type gravement accidenté ; il occupe l'appartement du haut ; c'est Tom qui nous l'a déniché.

– Forcément.

– Matias aurait besoin de toi pour répondre à ses interrogations métaphysiques.

– Pourquoi te dérobes-tu ? Il te demande seulement de parler avec lui. Jouer ne suffit pas.

– Tu as raison.

– Je ne cherche pas à avoir raison.

– Ce sont des sujets graves.

– Avoue tes hésitations.

Les voilà partis dans ces interminables dialogues ouverts sur la nuit ; rien que la voix, les silences, les reprises, l'effort pour se représenter la journée de l'autre, ressentir le léger, le froid, le difficile.

– Quelle robe portes-tu ?

– La rouge foncé qui ne te plaît pas trop ; je la mets lorsque tu ne me vois pas !

– Je voudrais que tu sois là.

– Encore quatre fois dormir ! conclut-elle en riant. Je t'aime.

Elle a déjà raccroché, elle déteste les adieux. Elle rappelle aussitôt :

– Oublié de te dire que ta prochaine répétition est avancée d'un jour. Dors bien, mon amour.

Frédéric fait le tour des lits superposés. Des anges – du moins pour l'instant. Sans télévision ici, pas de conflit ni de lutte d'usure ; les enfants n'y pensent même plus. Est-ce que Julian la regarde ? Sans doute.

Il retourne sur le balcon, cherche la mer dans le noir, l'ourlet blanc des vagues, les points lumineux des chalutiers. Il reste longtemps à remuer ciel et terre.

Très tard, en regagnant sa chambre il surprend Tom debout, le pantalon de pyjama sur les chevilles ; l'enfant tourne vers lui un visage embroussaillé de sommeil :

– Papa, tu entends la chanson de mon pipi ?

Frédéric, au même âge, se précipitant dans l'urgence vers les toilettes, mais écarté d'un geste impératif par son cousin :

– Les invités d'abord.

Il emporte Tom dans ses bras et le couche déjà rendormi.

Mercredi

De son lit à l'Academia, Hilde pouvait voir le ciel ; derrière la lente invasion de la clarté, elle percevait un camaïeu de bruits : le roulement de Rome que dominaient trams, voitures, cloches, quelques oiseaux, puis la voix conjugale, gutturale des concierges, la volière des enfants de l'École française. Mais non ! je suis en France, c'est *La maison* qui prend corps, les pas d'Antoine et de Jeanne, des autres locataires, le camion des éboueurs. À Rome, Manuel en séduit une autre pour la faire souffrir autant que toi et ce n'est même pas de sa faute.

Un rêve de la nuit lui revient : elle descendait au fond d'une cave aux marches étroites ; une bibliothèque souterraine ouvrait le dédale de ses allées ; les livres s'étageaient jusqu'au plafond, sans échelle pour atteindre les rayons supérieurs ; il fallait escalader l'armature métallique à ses risques et périls, bloquer les cloisons coulissantes à l'aide d'une barre de fer. Lorsqu'elle manœuvrait le volant d'ouverture, l'armoire délivrait un corps ; elle criait parce que le lainage porté par le cadavre était celui qu'elle avait offert à Manuel peu avant son départ ; l'achat avait englouti ses économies ; il l'avait accueilli du banal : « Il ne fallait pas » ; à cette fadaise, elle aurait préféré un refus. Que faisons-nous ensemble ? M'éloigner.

D'ici aussi il faudra partir. Exode, le mot lui parle. Apprendre à se détacher d'un lieu. Rentrer dans la bataille au sortir de la halte. J'ai été chassée du paradis. Amélie a-t-elle connu le même effondrement ? Hilde détecte sur sa voisine une odeur de désastre.

« Ils se sont aimés », cette phrase au passé l'a toujours choquée, comme si on pouvait aimer pour un temps puis oublier ou renier. Quand on aime, c'est forcément pour toujours, il n'y a pas prescription. En dépit des déceptions et des trahisons mutuelles, l'amour demeure quelque part, pensait l'adolescente. Ils se sont aimés, décidément non ! Ils ont fait l'amour : c'est un acte, mais aimer, c'est autre chose, elle le sent violemment. Sa réflexion s'enlise. Je voudrais arriver à ne plus haïr, à ne plus mépriser Manuel, me souvenir des bonnes choses. Sans rien forcer, est-ce possible ?

Il n'y a pas que l'amour, son tourment, sa plainte ; le monde est plein de cris. Hier sous la fenêtre de l'hôtel, elle a vu défiler des hommes rudes – travailleurs étrangers commis aux tâches ingrates. On voudrait leur tendre un café, comme elle en offre parfois dans une gare à la clocharde adossée au Relay. Quand ce ne sont pas des clandestins sur la piste de Calais.

L'heure de gagner l'hôtel des Dunes. Devant le miroir, elle brosse la chevelure brune, *ta crinière de sauvageonne,* murmurait Manuel à son oreille, dégagée d'une main caressante. Elle frissonne, repousse l'importun, enfile la robe de la veille sans y penser ; elle vous va comme un gant, lui a dit Jeanne. Plus personne ne porte de gant, mais l'expression l'amuse : la robe comme une double peau. Qui verra le sourire sur son visage lorsqu'elle passe le seuil de *La maison* ?

Amélie rentre du marché ; les sacs pèsent. Si ma fille m'aidait ! Elle a filé, profitant de mon absence pour ne rien manger. L'an dernier, pendant les vacances en Bretagne, Mosane n'avait pas encore commencé sa grève de la faim et faisait de longues randonnées avec son père ; ils en revenaient allègres, solaires. Je ne les accompagnais pas. Moins par souci de préserver leur intimité si rare que par sottise : nettoyer, ranger, que tout soit lisse à leur retour. Pour eux plutôt qu'avec eux. Un comportement opposé à celui de ma mère qui installait aspirateur, seaux et serpillières bien en vue ! Que nul n'ignore son mérite. Je vis à l'envers.

Lorsque Olivier s'est envolé l'an dernier, c'était à la fin de l'été ; elle avait senti le caractère définitif de ses adieux ; la lettre d'Afghanistan ne l'avait pas surprise outre mesure. Néanmoins la panique s'était emparée d'elle : quitter Paris, renoncer aux cours qu'elle aimait – elle ne se sentait plus de taille à affronter trente adolescents impitoyables ; un poste de secrétaire s'ouvrait à Angers. Elle n'est plus certaine d'avoir fait le bon choix.

Dans le miroir, Amélie évite le visage terne que lui fait la tristesse. Elle a beau savoir qu'elles sont des centaines de femmes par les rues, leur beauté oubliée en chemin, se demandant comment tenir, se tenir, elle ne s'y résigne pas. Ne pas influencer Mosane – mais je la marque même sans le vouloir. Amélie devine sa souffrance. Et Olivier ? Sa fille doit lui manquer, elle ne peut en douter.

Est-ce lui ou elle, qui n'a pas voulu de second enfant, elle ne s'en souvient plus. Il lui a suffisamment reproché ses pas en avant, ses pas en arrière, sa perplexité. Pourquoi n'éclaircit-elle pas ses pans d'ombre ? Il serait temps encore. Elle en parlerait volontiers avec ses hôtes discrets, attachants.

Plus rien ni personne ne m'attire ; on dirait que j'ai oublié l'amour – détresse à son comble. Aller sur la plage ; peut-être y retrouverai-je Mosane. Depuis notre arrivée, je ne me suis même pas baignée. Elle me l'a signalé rudement hier.

– Tu veux que je mange et moi je veux que tu vives.

– Je ne sais plus où j'en suis, a-t-elle dit à Antoine croisé alors qu'il se dirigeait vers son atelier.

– *Chacun cherche son chat.*

Un film fétiche, une boutade, un signe de compassion. Ils ont éclaté de rire. Elle allait lui demander l'accès d'Internet, mais elle connaît le piège du courrier électronique. Tu t'es juré de ne pas y toucher ici. Je suis à *La maison* pour reprendre pied.

– Je peux entrer ?

La phrase rituelle entre eux.

– Devine quoi !

Antoine lève le nez de la toile.

– Assieds-toi.

Jeanne se pose sur le tabouret maculé de taches de peinture.

– J'ai remis la main sur un carnet ancien.

– Le journal que tu tenais à Boulogne ?

– Tu t'en souviens ?

– Il te suivait partout ; les enfants projetaient de te le chiper ; je les ai retenus.

– J'observais la façade de l'immeuble en face de chez nous, et, pendant les pauses du travail à l'hôpital, je prenais des notes disparates. Comme si je cherchais à poser un diagnostic. J'ai eu du plaisir à le relire, à retrouver des visages oubliés. Tu veux que je t'en lise l'une ou l'autre page ?

Antoine dépose son pinceau et s'assied dans le fauteuil en osier dont le coussin perd ses plumes ; ne pas agacer la dent, téléphoner au dentiste ; il ferme les yeux.

– J'aime t'entendre lire. Et ne le prends pas mal si je m'endors !

Parlera-t-il à Jeanne de sa rencontre avec Véronique, inquiète de l'état d'Alain : le traitement n'agit pas et son frère se sent de plus en plus faible. Jeanne serait-elle froissée de notre *a parte* ? Je n'aurais jamais imaginé qu'un de nos enfants puisse mourir avant nous. Il chasse la pensée, elle revient. Antoine garde pour lui ses interrogations. Une pudeur viscérale qui fait peut-être souffrir ses proches : il s'en avise pour la première fois.

Les boules de pétanque remises en place, Matias, radieux d'avoir gagné, se tourne vers Frédéric.

– À quoi on joue maintenant ?

Insatiables, ces gosses.

– Vous avez mérité une glace, non ?

C'est le signal. Leur euro en main, les quatre vont s'insérer dans la file devant la camionnette de la digue. Frédéric les garde à l'œil. Tom revient dépité.

– J'ai perdu mon argent dans le sable.

Il n'a que cinq ans. Frédéric lui tend une autre pièce.

– La prochaine fois, tant pis pour la glace.

Un baiser mouillé qui claque.

– *Protégez-moi de mes amis, je me garde de mes ennemis.* Ça veut dire quoi, Papa ?

Matias se tient devant lui, cornet de glace dans la main.

– Qui a dit cela ?

– Julian parlait avec son amie tout près de moi.

Matias n'en perd pas une. Tom hurle : sa boule est tombée dans le sable. Cela ne servirait à rien de lui rappeler qu'il faut faire attention. Frédéric repart avec lui vers le glacier. Au retour, Matias sera là, implacable.

– Papa, qu'est-ce que ça veut dire ?

Comment expliquer à un garçon de dix ans que ceux qui nous sont hostiles ne sont pas ceux qui nous font le plus de mal ; en le blessant, certains lui ont révélé quelque chose qu'il ignorait. Alors que les soi-disant amis lui font parfois du tort, à leur insu : ne sont-ils pas les garants de ce qu'ils rapportent à votre propos, même s'il s'agit d'un mensonge ?

Tandis qu'ils patientent, Julian repasse, poussé par Mosane ; Tom lâche la main et file les embrasser. Il ne sait que courir et sauter, à moins qu'il ne tombe en arrêt devant un crabe ou un livre d'images. L'attente est longue à cette heure. Le fauteuil roulant revient déjà du bout de la digue lorsque Tom reçoit des mains du glacier, avec d'infinies précautions, la nouvelle boule de glace. Accroupi sur le sable, Matias guette.

Ce soir sur la terrasse, la douceur les enveloppe. Les corps douchés, nourris, se détendent tandis que montent les parfums de mer, de pins, de roses. Hilde ferme les yeux, un sourire sur le visage. Il fait bon être au monde, ressent Antoine, et même la pensée d'Alain ne vient pas hanter l'instant de grâce. Seule Mosane est absente. Amélie se débonde :

– Je me suis promenée. Mosane accompagnait un jeune homme dans un fauteuil roulant qui arpentait la digue.

– Oui, dit Antoine, je les aperçois parfois. Ils s'entendent bien, me semble-t-il.

– Est-ce qu'un jour on arrive à se détacher des souvenirs cruels ?

Amélie se parle à elle-même, portée par leur écoute. Antoine et Jeanne laissent monter la crue bienfaisante. Hilde enlève et remet une boucle d'oreille en verre de Murano. Antoine m'avait offert les mêmes, pense Jeanne.

Chaque départ ravive le premier, poursuit Amélie. J'ai quinze ans. Je regarde pour la dernière fois le corps de ma mère. Plus jamais. L'odeur des lys, écœurante. Le roucoulement des ramiers au-delà des fenêtres closes. Pourquoi la séparer du jardin qu'elle aimait ? Je me promettais de ne pas être indigne de cette femme-là, étendue sur le lit, en allée si jeune. Ne pleure pas. J'ai mordu l'intérieur de ma joue au point de saigner : le goût âcre demeure. La veille de mon départ, j'ai surpris Mosane couchée sur mon lit, déployant une de mes écharpes.

– Que fais-tu ?

– Ça sent bon. Ça sent toi.

Elle est trop grande pour avoir un doudou, mais sa réflexion m'a touchée. Cependant elle préfère son père.

Hilde se lève brusquement :

– Bonsoir à tous.

Amélie s'est tournée vers Antoine et Jeanne :

– Je n'aurais pas dû ?

Installés tous les sept sur le balcon terrasse de Frédéric, ils sont aux premières loges pour regarder le théâtre ambulant installé sur la digue : devant eux, la roue magique, cadran géant d'une l'horloge, dans laquelle court, danse et chante une acrobate aérienne. Matias n'en perd pas un geste, Tom et Rachel poussent un cri d'effroi lorsque la jeune femme prend trop de risques.

– Moi aussi un jour, se promet Laura.

Elle l'a murmuré pour elle de peur de faire mal à Julian, mais Mosane a entendu le vœu. Je suis vraiment bizarre : ce matin je me jurais : Moi je ne ferai pas d'enfant, à quoi bon pour l'abandonner ensuite, et maintenant je voudrais une famille nombreuse comme celle-ci.

Le coucher de soleil est somptueux. Des couleurs à damner un peintre. Les techniciens remisent décors et accessoires dans leur camion. Avant de s'y engouffrer, ils vont vers la mer à pas lents. Matias se tourne vers Frédéric.

– Vont-ils rouler cette nuit ?

– Pourquoi tu ne leur dis pas de dormir avec nous ? Il y a de la place aussi chez Julian, lance Tom.

– À demain !

Mosane s'est déjà envolée.

Hilde se souvient de l'éblouissement amoureux ; une vague de fond. L'esprit soudain délié, tous les sens en alerte et le cœur fou, elle voyait, elle comprenait. Elle existait pour la première fois, non, j'exagère ! dans l'enfance, l'adolescence, de loin en loin, une révélation analogue, sa prescience tout au moins. Les écailles lui étaient tombées des yeux. Ce qu'elle avait lu dans les livres prenait corps. Elle observait les passants avec l'acuité de son ivresse. Étaient-ils encore vivants tous ces hommes gris, ces femmes résignées ? Elle fouillait les visages, les démarches en quête d'un pareil, d'une pareille. Transportée, transfigurée, elle mesurait la démesure de l'amour, son pouvoir de naissance, de renaissance sans doute.

Ils avaient glissé dans la ferveur des gestes inscrits en soi qui vont vers l'autre et reçoivent réponse ; plaisir sans ombre, douceur de l'accord. Comment peut-on exister hors de cette rencontre, cette possession de soi, du monde ? Elle ressentait de la compassion à l'égard des blessés ; de tous les ignorants surtout : s'ils savaient ! Vendraient-ils tout pour acquérir ce bien ? Comment avait-elle pu rester endormie aussi longtemps ? Elle brûlait de gratitude à l'égard de Manuel, le prince charmant dont le baiser l'avait révélée. Hilde sourit de l'image naïve. Prince charmant, rien ne lui allait moins bien ; beau ténébreux, certainement.

Oui, à Rome, j'avais des ailes, ou plutôt, j'habitais ma vie ; je ne trouve pas les mots pour traduire le miracle. Enchantement bref, que je ne regrette pas. Tu m'as beaucoup appris, Manuel, même si tu m'as désenchantée ensuite.

Une pensée la trouble : suis-je certaine que tu vivais la même métamorphose que moi ? Tes phases d'exaltation étaient suivies de passes d'abattement mauvais. Danger ! Tu m'avais prévenue : *Je ne suis pas fréquentable. Nous n'avons rien à faire ensemble*, mais je ne voulais pas entendre. Une amie avait sombré avec l'ami alcoolique épousé en dépit des avertissements. Moi, je te sauverais de tes démons, Manuel. Témérité de l'amour. Sagesse de l'amour. Si on réussit à traverser le feu, est-on ignifugé à jamais ? Rien n'est moins sûr.

Jeanne cherche le sommeil. Il se refuse alors qu'elle se sent lourde. Souvent, au centre de la semaine, un malaise, pas vraiment une angoisse. Une sorte de tristesse insaisissable. Les hommes, les femmes, leurs histoires sans fin, leurs passions identiques, leurs effervescences dérisoires, « tout cela pour finir au trou », vomissait une confrère désabusée, revenue de tout.

Le mercredi, elle se trouve au milieu du fleuve : alors que la rive du plongeon enthousiaste s'éloigne, elle distingue mal l'autre bord vers lequel elle progresse. À l'école déjà, ce jour marquait la césure ; plus tard à l'hôpital, elle répugnait à enfiler sa blouse blanche. Je ne suis pas superstitieuse.

Est-ce la même chose pour chacun ? L'instant de notre naissance joue peut-être un rôle dans une fragilité que l'âge accentue. Début juillet, la dernière-née de Pierre, notre aîné, était à *La maison.* Nous avions essayé de la baigner dans un lavabo ; les robinets gênaient la manœuvre ; nous avions opté pour la baignoire. Elle va se sentir perdue ! Mais non ! Posée sur la main de son père, elle avait l'air de s'y plaire ; il la faisait voyager, elle ébauchait une mimique de bien-être. Lorsqu'on l'avait sortie, elle avait hurlé : un cri si puissant émanant de cette bouche minuscule ! J'allais vider la baignoire quand l'envie m'a prise de m'y tremper à mon tour : un bain de jouvence. J'ai ri de mon enfantillage et j'ai regardé sans complaisance le corps marqué qui succédait à la petite fille intacte. Avec, comme seul témoin, le pin à la fenêtre.

Est-ce proche de ce qu'elle éprouve en voyant s'élancer vers la mer les corps jeunes, sveltes et vifs ? Elle n'aime plus guère exposer aux regards un corps alourdi. Elle sait que le contact de l'eau froide crispe ses articulations, aussi renonce-t-elle souvent à ce plaisir trop cher payé. Jeanne n'a rien oublié des bains fous de jadis ; j'ai eu cette chance. La mer se retire, la vie aussi, pas la vie, murmure une voix venue d'on ne sait où.

Fin juillet, Véronique était restée une nuit de plus avec son petit. Elle les avait entendus rire, chuchoter dans la chambre ; désir de les rejoindre. Quelque chose l'avait retenue. Une gêne, une peur de ne plus être dans le ton – que sa fille lui a déjà reprochée. *Mais Maman, ne te fais pas toute petite comme cela !* Elle a raison. Garder sa place.

Voici Antoine qui monte se coucher. Pourrait-il me suivre sur ces chemins ? Il classe vite, renvoie à la raison, alors même que je n'ai pas fini de traduire mon impression ; de toute façon il sera endormi avant que j'aie commencé à parler. Jeanne fait ce constat, mi-attendrie, mi-fâchée. Il ne lui a pas dit que, cet après midi, il avait marché le long de la mer avec leur fille survenue à l'improviste.

Ce soir, Antoine n'a pas envie de discuter ni de dormir, rien qu'une faim du corps, d'un retour aux limbes partagées ; elle ne se fait pas prier.

Jeudi

Jeanne perçoit la masse d'un véhicule qui s'immobilise devant la maison sans arrêter son moteur – une erreur d'itinéraire sans doute. L'impasse l'obligera à faire marche arrière. De la fenêtre, elle voit un de ces transporteurs dont le pan arrière s'ouvre et descend en pente vers le sol. Le chauffeur a sauté de l'habitacle ; il pénètre dans le camion, en ressort, un colis sous le bras ; il se dirige vers sa porte ; il va réveiller tout le monde. Enfiler une veste sur sa robe de nuit afin de prévenir le geste. L'homme dit : « Pack », en présentant le papier à signer ; elle s'exécute sans ses lunettes et l'homme à poils roux disparaît sur son éléphant rouge.

Jeanne s'apprête à ouvrir le colis. L'adresse est tracée fermement au marqueur noir. Mais il n'est pas pour moi ! Il est envoyé à Mosane. Je vais le laisser bien en vue dans l'entrée. Me recoucher ? Non. Jeanne contemple ses roses jaunes. J'irai embrasser Gabrielle : samedi soir, elle a dû entrer en urgence à l'hôpital et justement, j'y ai pris rendez-vous pour un examen annuel. Antoine se dirige vers son atelier. Un baiser dans la nuque au passage.

Dans le champ visuel de Julian, un couple se querelle âprement. Elle, brune, en robe vert pomme et lui, tête rasée, en survêtement bleu. Julian s'inquiète de leur véhémence – faudrait-il alerter la police ? Lorsque la scène se répète, il reconnaît deux acteurs en improvisation. À cette heure, ils n'ont guère de succès ; les enfants poursuivent leur va-et-vient entre l'eau et le tas de sable, les mères dorent ou lisent et les pères lancent la boule de pétanque. Faudrait-il du sang pour les arracher à leur béatitude ? Lorsque le chauffard au volant de la voiture volée l'avait éjecté de sa moto, Julian, avant de sombrer, s'était vu entouré d'une foule hébétée ; beaucoup regardaient sans réagir ; qui a téléphoné au Samu ? Hier à la une du journal, la photo d'une plage italienne : à côté d'un couple qui bronze, les corps de deux fillettes roms rejetés par la mer.

L'indifférence meurtrière. Julian se surprend à parler seul à haute voix. Attention !

Dans le cadre de la baie vitrée, apparaissent et disparaissent les personnages. Il aimerait regarder en compagnie de quelqu'un, Mosane ou Matias par exemple. Avec eux, rien n'est ordinaire. Allons ! je descends. Pas avant d'avoir rempli le formulaire d'inscription à l'École ; pourvu que l'examen d'entrée, réussi avant l'accident, soit encore valable ; je joindrai un certificat médical. Me battre.

– Je n'aime que les châteaux de sable, les châteaux de cartes et ceux qu'on bâtit en Espagne, dit Frédéric en aidant Matias à consolider les créneaux.

– Ils s'écroulent et on recommence.

– Oui.

Frédéric s'étonne souvent de parler avec son fils comme avec un ami.

– La musique aussi.

– La musique ?

– Tu joues un soir ; tout disparaît avec les musiciens, mais chacun emporte un air dans sa tête.

Assise non loin d'eux, Mosane a l'air de lire. J'aimerais échanger ainsi avec mon père. Où est-il ? Si je ne pouvais plus le revoir, qu'est-ce que je deviendrais ? Ce matin, j'ai filé par la fenêtre sans rien dire à Maman, pourquoi suis-je cruelle avec elle ? Je lui fais payer l'absence de Papa. L'évidence la foudroie.

Le château pourra tenir tête aux vagues. Matias élargit le fossé qui le cerne.

– Tu crois en Dieu, Papa ?

Frédéric voudrait gagner du temps pour trouver les mots justes.

– Qu'est-ce que tu veux dire ?

– Tu crois que quelqu'un nous a créés ?

– Quelqu'un ? Nous parlons comme des hommes.

– Alors ?

– Dieu ne ressemble à rien de ce que nous connaissons. Personne ne l'a vu.

– D'accord ! – l'agacement perce dans sa voix – mais toi, tu crois qu'il existe ?

– Oui. Je crois qu'il vit en chacun de nous.

Matias élargit encore les yeux ; Frédéric peut suivre sur son visage mobile le cours de sa réflexion.

– Chacun, vraiment ?

Qui hante Matias ? Le violeur assassin dont les journaux ont étalé l'impudeur ?

– Oui. Il nous aime tels que nous sommes.

Frédéric pose le regard sur Laura et Rachel qui font trempette dans la flaque laissée par la marée descendante ; la grâce de leurs corps, leurs rires ravis, les éclaboussures, *Je mets ma tête dans l'eau, compte jusqu'à trente.*

– Tu as peur de la mort, Papa ?

À mon tour ! Compte jusqu'à quarante. Dans la baignoire avec mon frère, je jouais à ne plus respirer, à tenir le plus longtemps possible.

– Papa !

– J'ai peur de mourir, parce cela ne m'est encore jamais arrivé ; peur d'avoir mal, de ne pas bien me débrouiller.

– Moi, c'est pareil.

Étendue sur le ventre, Mosane a laissé son livre pour suivre la conversation ; elle s'inquiète : comment savoir si on est vraiment mort ? Sa grand-mère évoquait l'aventure de personnes ensevelies sous les bombardements et retrouvées vivantes de nombreux jours plus tard. Mais alors, quand on enterre très vite, dans les pays chauds par exemple, ne risque-t-on pas de mettre au tombeau des gens qui ne sont pas complètement morts et pourraient se réveiller dans leur cercueil, incapables de se faire entendre ? Horreur. À qui confier ces interrogations que les adultes écartent d'un revers : « Tu deviens morbide » ? À Frédéric, le patient ? À Julian, le moqueur ? Je les caricature ; eux aussi sont tourmentés, j'en suis certaine.

– Comment tu t'appelles ? demande Tom à l'enfant trisomique qui lui sourit, assis sur le rocher.

– Mathieu.

– Mon frère, c'est Matias.

Matias, *Mathieu*, chantonnent-ils, côte à côte.

Matias va remplir d'eau leur plus grand seau. Le revoilà courant, essayant de ne pas trop en renverser. D'ordinaire Frédéric se réjouit de ces diversions, mais, cette fois, c'est lui qui le relance :

– Tu y penses souvent ?

– À quoi ?

– À la mort.

– Très souvent. Pas toi ?

– Si.

– Et après la mort ?

– Comment savoir puisque personne n'en est revenu ?

– Papa, Papa, c'est l'heure de la glace !

Laura et Rachel ont une horloge dans l'estomac. Matias leur emboîte le pas ; la mer monte sournoisement vers le château.

– Attendez ! L'argent !

Mosane ne peut s'empêcher de les suivre, de choisir la même glace que Matias, puis une deuxième pour Julian surgi de l'immeuble. Tom est déjà sur ses genoux, un bras autour du cou, la glace aux myrtilles faisant une embardée ; il rayonne :

– Julian ! Je t'aime.

Frédéric s'est assis à côté du château fort ; les enfants le dévorent joyeusement. Il comprend les femmes, émiettées à longueur de journée, d'année. Un travail et pas un travail. Une présence parfois épuisante. On ne saisit que ce qu'on vit soi-même.

Ce penchant métaphysique, Matias le tient-il de Pauline ou de moi ? Comment étais-je à dix ans ? Nous étions nombreux à la maison ; mon père n'avait guère le temps de m'accorder beaucoup d'attention ; je me sentais parfois bafoué, alors je bafouillais ; j'ai bégayé longtemps et cela m'arrive encore ; Pauline qui parle clair s'énerve : « Que veux-tu dire ? Dis-le ! » Je voudrais que Matias se trouve plus vite que moi, mais je me trompe sans doute ; il doit faire son chemin en trébuchant, comme chacun.

Les enfants descendent de la digue, à pas précautionneux, leur cornet tenu comme un cierge.

– Tu n'en voulais pas, tu es sûr ?

– Je vous l'ai dit. Et Tom ?

– Avec Julian et Mosane.

– Est-ce qu'il n'est pas trop collant ?

– Tu veux dire pot de colle ou plein de crème ? demande Laura.

– Les deux.

Matias a encore de la glace en bouche quand il reprend :

– Et la résurrection, tu y crois ?

– Je sens que rien ne finit jamais. Ma grand-mère est morte quand j'étais tout jeune, elle ne m'a jamais quitté.

– Oui, mais, elle est invisible.

– En juillet, lorsque tu étais au camp, loin de nous, Pauline et moi, nous nous parlions de toi. Tu existais.

Matias boit ses paroles. Il en oublie la glace qui coule par le fond et tache la cuisse bronzée. Matias renverse la tête pour croquer le cornet par la base.

– Mmm ! Oui, mais est-ce que Dieu est bon ?

– Il est l'amour même.

– Il y a des malheurs partout et lui, que fait-il pendant ce temps ?

– Il nous a créés libres.

Matias mange sa glace par les deux bouts, il a fort à faire pour n'en rien perdre.

– Libres de nous faire souffrir nous-mêmes et de faire mal aux autres.

– C'est vrai.

– Libres aussi de créer de la beauté.

Matias silencieux trace des signes dans le sable.

– Pense à ton oncle sculpteur.

Tom appelle de la digue :

– Je peux me promener avec Julian et Mosane ?

Mosane fait de grands gestes explicites :

– Confiez-le-nous !

La mer lèche le château fort. Matias crie :

– Laura, Rachel, à l'aide !

Elles accourent, renforcent la muraille exposée, se démultiplient en vain. Le château a cédé sous l'assaut répété. Frédéric arrache à la vague deux chapeaux de toile.

La marée monte haut, les obligeant à sauver serviettes et jeux de plage. Jambes ballantes au bord de la digue, Laura et Rachel observent les voiliers proches.

– Je voudrais partir avec la voile rouge et verte.

– Moi, l'orange.

– Les filles, vos chapeaux ! Le soleil brûle encore.

– Pourquoi tu ne vas plus en bateau, Papa ? Tu disais que tu étais moniteur de voile quand tu étais jeune.

Le vieux Frédéric réplique :

– Et qui veillerait sur vous quatre pendant ce temps ?

– Julian et Mosane.

Elle a changé, Frédéric s'en réjouit. L'été dernier, chaque fois qu'il partait nager, Laura le suppliait :

– Ne va pas trop loin, Papa. Maman dit qu'on n'a pas le droit de nager là où l'on n'a pas pied !

Elle restait debout, visage tendu de vigie. Je ne pouvais tout de même pas renoncer à tout ! Frédéric connaît les courants, les reflux, les dénivellations comme personne, mais il cherche l'ivresse : entrer dans la mer, affronter la vague de plein fouet ou plonger dessous, déployer le corps entre deux eaux, avant d'émerger, rajeuni, en laissant sécher les gouttelettes d'eau salée réverbérant le soleil.

– Tu nous apprendrais à naviguer. Dis oui, Papa !

Jeanne sort de chez son confrère ; ouf ! la mammographie est normale. Elle sait bien que demain dans un autre coin de son corps peut se développer un cancer irrémédiable, mais aujourd'hui elle éprouve le soulagement d'y avoir échappé. Dans l'élan, elle portera des fleurs à Gabrielle. Ensuite, comme chaque mois, elle ira lire à haute voix dans le cercle des malvoyants de Boulogne. Ils préfèrent la poésie, et pas seulement celle qu'ils ont apprise à l'école. Les textes d'aujourd'hui leur parlent. Surprenant et réconfortant.

– Ce sont des mots qui font image ; ils résonnent après que vous êtes partie, a observé le doyen du groupe, un instituteur qui n'a pas toujours été aveugle et connaît de nombreux poèmes par cœur.

Étendue dans le hamac du jardin, Amélie ressasse : pourquoi entre Olivier et elle, tant d'allers et retours avant le départ définitif ? Quand a commencé le désamour ? Il y avait un nid de guêpes dans le toit ; elle entendait le vrombissement tantôt modéré tantôt déchaîné des insectes derrière l'armoire à pharmacie de leur salle de bain mansardée. Longtemps elle n'avait osé l'ouvrir. Le vol brutal de l'essaim envahirait la pièce.

– Tu as trop d'imagination, répétait Olivier, lorsqu'elle lui en parlait. Elle ripostait :

– Autrefois tu aimais mon imagination.

– Comment veux-tu qu'elles percent le mur. Leur bourdonnement, prends-le comme une musique.

Il en avait de bonnes ! Une musique, alors que tourbillonnaient dans sa tête les insectes, aussi agressifs que les oiseaux de Hitchcock. Olivier ne l'entendait plus. Est-ce que cela finit par tourner mal, tôt ou tard ? Deux ans auparavant, ils avaient décidé de partir ensemble vers l'Italie pour y voir clair, se retrouver peut-être. Elle redoutait les déplacements en voiture ; mais Olivier aimait la route, la liberté, disait-il.

Tout avait mal commencé. Le plein d'essence en dernière minute. Tu ne prévois jamais rien ! La musique qu'elle n'avait pas choisie. Elle aurait voulu des chansons françaises, mais Olivier prétendait ne rien comprendre aux paroles et préférait Bach. Chaque fois qu'elle ouvrait la bouche, elle s'attirait un brutal : « Tais-toi, j'écoute. » L'envie de sauter en marche, de retrouver les lieux familiers pour y terrer son mal-être. Le silence les séparait au lieu de les apaiser. Les pauses d'autoroute étaient détestables : files d'attente aux toilettes, aux distributeurs de boissons souvent en panne, camions à l'arrêt préfigurant les dépassements dangereux.

Après leur installation à l'hôtel, ils avaient mangé à la terrasse d'une trattoria sous les étoiles ; un homme avait traversé la place. Était-il extraordinaire ? Non, un Italien qui dégageait une vitalité confiante, comme beaucoup d'autres, mais elle avait éprouvé le désir violent d'être dans ses bras, de s'en remettre à lui, de l'enfouir en elle. Le chianti et la fatigue sans doute. Une exploration, un langage. Le toucher à la fois sauvage, innocent ; la saveur d'un autre. Puis des mots sans suite et sans souci, les engourdissant, tous sens éveillés cependant.

Un enfant, un danseur, une comédienne suscitent parfois cet élan et il n'y a aucune souffrance à ne pas passer à l'acte. L'homme, déjà hors de vue, l'avait rendue à elle-même, vibrante, sortie de l'engrenage de l'hostilité. Elle s'était tournée vers Olivier et c'était vraiment lui qu'elle regardait. C'est avec lui qu'elle avait fait l'amour tard dans la nuit, réconciliée. Une passe de soleil. Olivier semblait sous le charme lui aussi. Cela n'avait pas duré. Ils étaient retombés dans leurs rancœurs, leurs sarcasmes.

Amélie tourne fiévreusement autour du paquet qui attend le retour de Mosane ; elle a reconnu l'écriture. Il est vivant et il anticipe l'anniversaire de sa fille ; comment s'est-il procuré notre adresse ?

Antoine a déclaré forfait ; il ne supporte plus les rencontres mondaines. Je deviens de plus en plus sauvage. Tous ces bavardages, ces histoires pour rien.

– Tu m'excuseras, Jeanne, tu leur diras que je me sentais fatigué ; c'est vrai d'ailleurs.

– Et moi !

La porte d'entrée entrouverte invite à rallier les invités déjà répandus derrière la maison, sous les arbres, entre les buissons, les parterres, au bord la piscine. (Une piscine alors que la mer est à deux pas ! Le ridicule ne tue pas, mais il coûte cher. Garde tes réflexions pour toi.) Conversations courtoises, le verre à la main. Salut aimable, rien de plus ; quelqu'un de plus important pointe dans votre dos, qu'on accueillera avec des exclamations de bienvenue. Jeanne enregistre les clivages subtils.

Lampes allumées à la tombée du soir. Les tables rondes posées ici et là. Efficaces et discrets, les serveurs serpentent entre les groupes. Les femmes se rident et s'empâtent ; le hâle est outrancier sur la peau froissée à l'embrasure du décolleté. Elles dissimulent leur peur sous de grands rires qui se veulent naturels ; ils sont dévastateurs, à la limite de la vulgarité. À moins qu'elles ne délivrent un déluge d'anecdotes que Jeanne saisit au passage : « Et alors, je lui ai conseillé... », « Ma fille a un ami qui... ». Les indiscrétions vont bon train, la médisance aussi. Le ton se fait volontiers impérieux. Comme si l'autorité relayait la tendresse. Les dents luisent, carnassières. L'éclat balancé d'une boucle d'oreille en or.

Les hommes pressentent le déclin et se cramponnent. L'embonpoint se dissimule sous un gilet, un cashmere, une pose désinvolte. Rien n'échappe à Jeanne : l'haleine du fumeur, le teint trop allumé, le cheveu rare. Le geste volontiers enveloppant qui donnerait à penser que « peut-être, pourquoi pas ? ». Ils caressent les épaules, enlacent la taille, flattent une encolure. Surprises mais honorées, les femmes se prêtent au jeu. Je suis encore séduisante.

Interchangeables, exposés et cruels. Tous crient à leur manière la fin proche, la ligne d'arrivée déjà visible, l'angoisse. La déglingue insidieuse. Le couple bringuebale, vire à l'aigre, les enfants tournent en rond. On masque sous l'accident de voiture incompréhensible une tentative de suicide, mais parfois une bulle explose à la surface. On ne peut mentir plus longtemps. La trivialité fissure le vernis, une réaction brutale aussitôt réprimée: le mari a renversé un peu de vin sur la robe de prix, la nouvelle épouse a manifesté son ignorance frisant la bêtise. Les maîtres de maison se démultiplient; ils versent adroitement de l'huile dans les rouages: la machinerie ne peut pas se gripper, surtout pas ce soir doré de fin de vacances qui se veut une apothéose.

Dans le brouhaha, une parole sonne juste, un regard clair se lève, une main – dont les ongles ne sont ni peints ni pointus – se pose sur la vôtre. Entre les masques, brièvement, quelques visages nus, tendus comme s'ils quêtaient une réponse. Une pierre jetée et les cercles déjà s'effacent.

Qu'est-ce qui m'arrive? Ne suis-je plus capable de me divertir comme chacun? J'envie Antoine. Elle se pose sur une chaise longue, en retrait à l'angle de la piscine; des voix lui arrivent, certaines identifiables; elles courent sur un fond musical; Jeanne écoute ce texte étrange comme une longue plainte, contenue dans des limites décentes; en dessous grouille une désespérance. Soudain près d'elle, un ami de longue date qui l'a repérée:

– Alors tu prends déjà le large?
– Je me sens mal.
– Au propre ou au figuré?
– Je ne suis pas à ma place ici.
– Moi non plus.

– Nous ne nous débrouillons pas mieux que tous ceux qui nous entourent, mais au moins pas de faux-semblant.

Déjà quelqu'un les hèle :

– Holà ! Ne faites pas bande à part.

Il faut que je tienne jusqu'au gâteau d'anniversaire ; ensuite je m'éclipserai. En ce moment au jardin, Antoine doit être en train de parler avec Hilde ; ils dériveront vers Rome, leur patrie commune. J'aurais dû lui demander de me rappeler sous un prétexte quelconque. Maintenant je n'ai plus qu'à assumer ma propre sottise.

– Il y a un type qui joue de l'accordéon sur la plage chaque soir.

Mosane l'a répété. Amélie ne bronche pas.

– Julian dit que, lorsque tout le monde a quitté la plage, cet homme avance vers la mer et joue ; *et les vagues viennent rouler à ses pieds.*

Julian ! Mosane n'a que ce mot à la bouche. Amélie sent le pincement de la jalousie ; honte. Elle a aperçu le jeune homme aux jumelles sur le balcon de l'immeuble, en fauteuil roulant sur la digue, Mosane à ses côtés, animée, rieuse. Ma fille et ce voyeur handicapé.

– Tu ne m'écoutes pas !

– Mais si.

Mosane a déjà claqué la porte. Amélie reste à la fenêtre. L'accordéon. Avec Olivier, les heures assises sur l'escalier de la Seine à écouter le vieil accordéoniste, à muser avec lui, à se vouloir immuables au fil du fleuve qui coule. La nostalgie poignante et la valse échevelée. Qu'est-il devenu ? Que sommes-nous devenus ? Olivier quelque part sur la ligne du feu et moi dans cette station balnéaire ; et notre fille écartelée, maigre à mourir, incontrôlable.

Avoue-le : tu ne t'intéressais pas vraiment à ses reportages, tu ne lisais plus ses articles. Dès qu'il passait le seuil, tu l'accablais de tes peurs, de tes plaintes. De Mosane, tu ne disais que les soucis, jamais les joies ; tu lui reprochais implicitement de te laisser la mauvaise place, de se réserver les jours de fêtes. Pourquoi ne parlais-tu pas de ton métier ? Tu aurais pu susciter les silhouettes de tes élèves autrement que pour râler contre l'école et ses contraintes.

Amélie saisit un lainage et prend le chemin de la mer. Je te harcelais, tu ne pouvais que te dérober.

Julian est à son poste ; il guette l'accordéoniste. Le voici. L'homme a commencé à jouer en marchant vers la ligne d'écume. Des paroles à peine articulées s'évadent de sa bouche au rythme de ce qui sourd de ses doigts, une sorte de chant prolongeant les souffles. Étrange mélopée envoûtante. Quelle charge de rêves sommeille en chacun, pense-t-il, que la musique délivre.

Sur le sable, une silhouette rouge : Mosane assise, jambes repliées, menton posé sur les genoux aigus. Immobile. Elle ne relève la tête qu'après le passage du musicien et happe les sons.

Sur un banc de la digue, Amélie observe le triangle : Julian au balcon à sa gauche, l'accordéoniste à l'extrême du sable devant elle et Mosane à mi-plage. Qu'est-ce qui circule entre ces trois-là ?

Le soleil a sombré. Le vent porte des odeurs fauves, des lambeaux de musique, des sables. Ne plus bouger, rester ici jusqu'à ce que la marée nous emporte tous les quatre, une formidable marée d'équinoxe balayant tout, montant à l'assaut de la digue, de l'immeuble. Sur le quai de la Seine aussi, ils voulaient que tout disparaisse et que tout dure à jamais.

Si les habitants des appartements, des villas venaient danser ensemble près de la mer ; on allumerait des feux dans le noir, soupire Mosane. J'aimerais marcher avec ce musicien d'une plage à l'autre. Elle revient à pas lents vers *La maison*; comment se décider à rentrer sous un toit ? Elle est surprise de ne distinguer aucune lumière : une maison doit vous attendre, lampes allumées. Je ne sais pas ce que je veux.

Elle s'installe dans le hamac et scrute la nuit bruissante. Elle éprouve une sorte de ravissement à se trouver là, sens à l'affût. Elle préfère être elle, éveillée, qu'eux tous, endormis. Est-ce que Papa voit la lune comme elle ? Comment garde-t-on le contact dans l'absence, la mort ? Pas la mort. S'il n'y avait pas sa mère, elle partirait.

En rejoignant son lit, elle aperçoit Amélie qui dort dans ses cheveux ; l'attendrissement la gagne. Maman. Même si je préfère mon père. Elle a le mauvais rôle : *Ne sors pas, il fait encore trop chaud ! Rentre vite, il fait glacial !* Enfant, Mosane se demandait si les grandes personnes avaient toujours été aussi frileuses, prudentes, confites. Moi on ne m'aura pas ! Ces serments qu'on se fait à soi-même. Elle pressent qu'elle change déjà de bord, qu'elle renonce à patauger dans les flaques ou les feuilles mortes sur le chemin du lycée. Est-ce que je deviendrai comme eux, un jour ? *Eux* n'englobe pas son père. Il est à part.

Papa la serrait contre lui, l'appelait *mon Alice !* Depuis son départ, elle a quitté le Pays des merveilles. Elle passe la main sur sa nuque rase, comme il le ferait, c'est sûr : *Ta tête de gamin.* Un gamin déluré, une gamine, une fille, je dis. Demain je remettrai ma jupe rouge.

Vendredi

Sur la plage qu'allonge la marée basse, Frédéric est là sans y être. Un homme cerné par quatre enfants joueurs : il enduit de crème solaire le dos tendre de Tom, achète à Rachel un gâteau de sable couronné de coquillages, passe à Laura une serviette de bain bariolée, tente de lire le journal. Il fait des gestes, oui, il ressemble aux autres pères, mais il est sur le périphérique, la semaine dernière. Il se rejoue la scène sans issue.

Il roulait en pensant à la répétition imminente du groupe musical. Sur la bande de délestage, il avait remarqué un homme en blouson de cuir, costaud, jeune, marchant d'un pas décidé. Une panne de carburant ? Soudain l'homme avait quitté la droite pour se placer, jambes et bras écartés, devant

Frédéric qui arrivait à cent vingt à l'heure ; du regard, il le défiait, tranquillement. Frédéric n'avait eu que le temps de se déporter sur l'extrême droite, là d'où l'homme venait, bénissant les freins de sa voiture récemment vérifiés. Un instant : celui de la vie et de la mort. Il n'avait pas surveillé dans le rétroviseur la suite des événements, trop pressé de signaler à la police ce fou dangereux.

Il avait emprunté la première sortie pour s'arrêter dans un café, boire deux verres d'eau, tenter de desserrer l'étau qui bloquait sa poitrine. Il était arrivé en retard à la répétition en bafouillant une vague excuse. Le lendemain seulement il avait pu « raconter » l'aventure à Pauline. Elle avait écouté avec attention avant de le prendre dans ses bras ; elle l'avait bercé comme un qui revient de loin.

Tantôt ses pensées rôdent autour de l'inconnu : un suicidaire ? un drogué ? un dément ? Était-ce le jeu de roulette russe, l'exécution d'un contrat, un règlement de comptes ? Tantôt elles concernent les autres automobilistes : si j'avais déclenché un carambolage ? Les hypothèses se bousculent : si j'avais écrasé l'homme, si je l'avais grièvement blessé, handicapé à vie ? Frédéric est sous l'emprise du *si*, une forme de folie.

On marche dans la vie, on roule en l'occurrence, et, à n'importe quel moment, tout peut arriver. La presse du lendemain ne faisait état de rien. Il n'avait pas rêvé cependant. Difficile de parler de ce qu'il venait d'éviter. Crainte d'être harcelé de questions subsidiaires. Les autres manifestent de l'intérêt car l'anecdote est impressionnante, mais qui rejoint la peur viscérale, le réflexe de survie, l'ébranlement de tout l'être ? Ce n'est pas tant la surprise que la révélation des possibles tapis sous le quotidien. L'homme là devant lui, sans cesse.

Frédéric va d'un enfant à l'autre ; il cherche à rentrer dans la danse, mais il ne peut faire que cela ait eu lieu. Le moindre détail le lui rappelle et pas seulement Julian. Chaque expérience est rigoureusement personnelle. Une solitude qu'il connaît, qu'il reconnaît. En amour aussi il y a place pour le hasard : après son bac, alors qu'il passait une année à Florence, il était allé rejoindre Sylvia, une amie de passage à Rome. Ils se fabriquaient des souvenirs. Il a en bouche la saveur des tomates dévorées à l'ombre. Il voit les cheveux clairs sur la peau halée, la main qui relève la masse pour rafraîchir la nuque d'un mouchoir trempé dans l'eau, le regard rieur tourné vers lui ; qu'est-elle devenue ? Pauline n'a rien à lui envier, non. Je l'aime. Mais pourquoi l'une plutôt que l'autre ?

– Papa, tu crois à l'égalité ?

– L'égalité ?

Matias s'énerve : il faut vraiment tout expliquer !

– Que tous les hommes sont égaux, quoi.

Inutile d'essayer de gagner du temps. Le garçon le talonne.

– On ne naît pas tous avec le même appétit de vivre. Ni avec la même santé. Ni avec les.

– C'est injuste alors.

Frédéric sursaute. Ai-je été injuste avec Sylvia ? Les filles s'attachent autrement que les jeunes hommes. Qui de nous deux s'est éloigné le premier ? Matias ne le quitte pas des yeux. Il bredouille.

– C'est ainsi.

– Alors tu t'écrases ?

– On essaie de rétablir une forme de justice en partageant ce que l'on a.

– Comment ça ?

– Si tu crains le noir, tu peux te laisser entraîner par ta petite sœur qui n'a peur de rien.

– Qu'est-ce que vous racontez ? demande Laura.

– Rien, dit Matias, Papa donne un exemple.

– Si tu comprends bien les maths, tu peux expliquer le problème à ton copain.

Absorbé par le dialogue, le garçon vide et remplit sans cesse le même seau de sable. Rachel l'observe. Matias est son dieu. Tom la nargue volontiers : « Rachel est amoureuse, Rachel est amoureuse ! »

– Continue, Papa.

– L'important, c'est que le fort n'écrase pas le faible.

– Oui.
– D'ailleurs le faible aussi a une force.
– Comment ?
– Julian est vissé à son fauteuil, mais il a le temps de parler avec Mosane, de l'aider peut-être. Le voilà ! Quand on parle du loup, on voit sa queue
– Quel loup ? interroge Tom qui chérit et redoute cet animal de conte de fées.
– Va jouer, lui intime Matias un peu sèchement.

Tom s'écarte, penaud. Soudain il aperçoit Mathieu et va s'essayer au volant avec lui.

En route vers le marché, Amélie s'aperçoit dans la vitrine de la poissonnerie. La maternité est passée sur elle sans l'alourdir. Les cheveux qu'elle a noués en queue-de-cheval accompagnent son pas ; le hale lui rend bonne mine ; elle a toujours su s'habiller avec presque rien ; combien de fois ne l'a-t-on pas félicitée pour une robe récupérée dans un magasin de seconde main :
– Quelle marque ? s'enquérait l'amie intéressée.
– La mienne.

Olivier appréciait son allure. Il le lui disait, au début tout au moins. J'aime la manière dont s'habille Jeanne : elle porte des vêtements souples et des sandales, des couleurs assorties à ses yeux bruns, ses cheveux gris ; parfois un bijou discret. Dans *La maison,* la même harmonie ; peu de peintures d'Antoine, comme s'il ne voulait pas s'imposer. Au-dessus des lits jumeaux, une carte du monde – tous ces pays où je ne suis jamais allée. Dans l'entrée, une affiche représentant *La plage de Boulogne* de Manet, une ébauche ou plutôt une étude devant laquelle elle s'arrête volontiers, intriguée.

Il y a longtemps qu'elle ne s'est plus sentie aussi détendue ; une sorte d'accord entre elle-même et l'esprit des lieux. Je n'ai même pas quarante ans. Mosane irait peut-être mieux si j'étais bien avec moi-même. Où est-elle en ce moment ? Sur la digue sans doute, avec son Julian dont le nom l'enchante.

Au retour, Amélie se prépare une tasse de thé vert. Je pourrais recommencer à enseigner. Elle sort les vivres des deux sacs et se décide à cuisiner une vraie soupe ; un parfum de poireaux envahit la maison. Jeanne et Mosane rentrent presque ensemble :

– Ça sent bon !

Toutes trois, les mains arrondies autour des bols fumants.

– Ce n'est pas de saison, mais ma mère en préparait une chaque jour.

Mosane n'a pas de haut-le-cœur et ne file pas vers les toilettes ; elle approuve Jeanne qui félicite sa mère pour son corsage freesia, comme l'allée :

– Il met votre teint en valeur.

– Maman a le don de s'habiller.

Amélie n'en croit pas ses oreilles ; quelque chose se dénoue en elle.

– Jeanne, croyez-vous qu'Antoine me permettrait de visiter son atelier ?

– Demandez-le-lui ce soir.

Mosane se lève.

– J'ai promis à Julian de lui apporter...

Elle est déjà envolée.

– Il faudrait qu'elle se remplume, elle est si jolie, observe Jeanne. Pour notre dernier soir, je vous invite – un repas de poisson – avec Hilde.

– Je me chargerai du dessert.

Et tant pis pour les bagages.

– Je peux entrer ?

Jeanne choisit son heure ; si elle viole son territoire, Antoine se crispera.

– J'ai mûri un projet.

Antoine poursuit son travail, mais elle sait qu'il l'écoute.

– J'ai l'intention de lancer un journal trimestriel qui circulerait dans notre famille. Je mêlerais le passé au présent, je créerais des rubriques – devinettes, récits de vie, relations de voyage, photos d'ancêtres à identifier, informations sur le métier ou les études des uns et des autres, questions substantielles, projets. J'inviterais chacun à y collaborer.

– Après l'enthousiasme des commencements, dis-toi bien que c'est toi qui vas supporter tout le travail.

– Possible, mais j'aimerais essayer.

– Que penserais-tu de ceci pour la couverture ?

Antoine montre le tableau auquel il travaillait : une façade aux multiples fenêtres comme autant de plongées dans des univers particuliers. Jeanne a posé la main sur l'épaule d'Antoine.

– Tu m'étonneras toujours.

Par la verrière, Mosane les aperçoit : leur proximité lui saute aux yeux : se jeter dans leurs bras ou prendre la fuite ?

– J'oubliais ! Les enfants ont appelé : ils voudraient qu'on se retrouve avant la rentrée des classes. J'ai dit que les chambres d'hôtes ne seraient libérées que samedi midi.

Jeanne devine qu'ils veulent fêter l'anniversaire de leur père.

– Samedi, c'est demain. Je n'ai pas assez de provisions. Je ressors.

Qu'est-ce que les enfants aimeraient manger ? Combien de fois Jeanne s'est-elle posé cette question ! À l'entrée de la rue commerçante, elle se hâte et heurte le fauteuil de Julian. Depuis le cimetière marin, ils n'ont plus eu l'occasion de se rencontrer.

– Pardonnez-moi !

– Pas de mal. Vous avez l'air pressé.

– Et si nous prenions un café ?

Ils l'ont proposé en même temps, ils ont ri, roulé et marché vers la première brasserie. Autant l'intérieur est bruyant – musique poussée à fond, vidéo en boucle, sonneries de portable incontinentes –, autant la terrasse balayée par un léger vent est déserte. Dans l'angle où il s'est calé, Julian ne dérange personne.

– Votre maison me fait rêver.

– La mienne ?

Jeanne n'a jamais vu rouler le fauteuil de son côté ; les roues s'enliseraient dans le sable.

– Je l'imagine à travers les récits de vos hôtes.

– Ah bon ! Difficile de s'imaginer comme objet de rêve ! Je pourrais vous y emmener en voiture.

– J'hésite.

– Avez-vous aperçu le cheval fou sur la plage ?

– Le cheval fou ?

– Dimanche, mon mari peingnait près de la mer ; il a été frôlé par un cheval emballé ; on ne sait rien du cavalier.

– Non, je devais être ailleurs qu'à mon poste d'observation. Dommage.

– Qu'est-ce que vous lisez le plus volontiers ?

– Les écrivains voyageurs. Mais n'allez pas croire que j'ai beaucoup voyagé ! Je vis par procuration.

– Vous n'êtes pas tendre avec vous-même.

Un ange passe en même temps qu'une patineuse. Il la suit des yeux tandis que Jeanne scrute les mains du jeune homme devant sa bouche.

– Qu'avez-vous trouvé dans le logement que vous occupez ?

– C'est un appartement de famille. Des classiques. Peu de littérature étrangère.

– Question de génération.

Une très jeune fille, juchée sur des talons qui entravent bizarrement ses mouvements, contourne leur table. Est-ce que Julian a une amie ?

– Vous êtes croyant ?

La question lui a échappé.

– Je crois en la vie.

Jeanne aime sa réponse. Venant de lui, elle prend un poids particulier. Il tient son bol de thé des deux mains. Il faut qu'elle y aille si elle veut encore trouver les magasins ouverts.

– Je vous inviterai, vous vérifierez vous-même s'il s'agit d'une maison de rêve.

– Venez d'abord à l'appartement ; de mon balcon, la Manche a de ces couleurs !

Demain, déjà la fin de la semaine de vacances ; Angers, les vagues de rues, tuffeau, brique et béton, carrefours tumultueux. Amélie, revenue de sa promenade à travers dunes, débouche sur la mer ; elle a cueilli la douce-amère et l'offrira ce soir à Jeanne.

Amertume, peur de perdre, des sentiments qui ont empoisonné plusieurs années de ma vie, envenimées par les réflexions des collègues :

– Un bel homme comme Olivier, tu n'as pas peur qu'on te le prenne ?

– Il part loin souvent, es-tu certaine de ne pas avoir de remplaçante ?

La méchanceté courante, la jalousie incandescente, le besoin de tenir. Un jour qu'elle le conduisait à Roissy, elle avait été témoin de l'angoisse d'un mari qui amenait sa femme, journaliste dans la même expédition qu'Olivier ; elle s'était vue dans un miroir, elle s'était détestée. *Personne n'appartient à personne,* l'évidence s'était imposée à elle. Et cependant l'usure avait eu raison d'eux. Définitivement ? L'autonomie chèrement acquise lui permettrait-elle de reconquérir (reconquérir ? elle n'aime pas le mot trop militaire ; pas plus que séduire, manœuvre tout aussi minable), non ! de retrouver un terrain d'entente avec cet homme aimé ? Ce serait mieux pour Mosane. Finalement, qu'est-ce qui compte dans ma vie ?

Le goût de l'absolu – l'expression la hante. Le goût de l'absolu lui apparaît comme le dénominateur commun des vivants, une attente au-delà des détresses de l'amour désenchanté, des limites misérables, de l'inachevé. *Allez au large!* De l'enfance remontent des bribes incorporées à son insu ; oui ! contre la désespérance, il n'y a que la joie. À creuser. Qu'en penserait Mosane ? Et son Julian ? Le regard d'Amélie embrasse la mer. Avant ce jour, l'avais-je jamais contemplée ?

Julian a senti venir l'orage. Au moment de fermer la porte-fenêtre, il a vu se lever les paumes, les visages ravis aux yeux clos de Tom et de Mathieu recevant les premières gouttes très larges, annonciatrices du déferlement. Les enfants immobilisés sur la digue et la voix vigilante :

– Rentrez vite, vous allez être trempés !

Julian courant nu dans le jardin sous l'averse d'été, rattrapé par sa mère. *Mon petit fou.* Enveloppé d'une serviette aussi bleue que la fleur de lavande dont elle glissait des sachets dans l'armoire ; emporté au sec, au sûr, mais encore ébranlé par l'éclair, le tonnerre, la trombe. Elle aussi, les cheveux ruisselants ; l'odeur de la pluie.

Ce soir, ciel et plage lessivés à grande eau, personne pour goûter la fraîcheur revenue ; où sont passées les mouettes ? Dans l'obscurité montante, le sable devient noir. Rien que les chalutiers et la lumière tournante d'un phare pour affronter la nuit. Tout manque ; tu as vécu dans des chambres transies, tu as cru y mourir et soudain te voici au vide central traversé d'appels. Sous la porte, quelqu'un a glissé une feuille de papier : le dessin d'un cerf-volant très coloré survolant les jambages malhabiles d'une déclaration : *Julian, je t'aime,* qui n'a pas besoin de signature. À l'horizon, septembre, sa solitude, sa rigueur. Aurai-je assez de force ?

À l'issue du repas bien arrosé qu'ils ont pris en commun, Hilde poursuit la lecture de *Jours de septembre*. Elle est encore sous le charme de la conversation avec un touriste débarqué la veille à l'hôtel des Dunes, un Anglais seul avec un gamin remuant ; son accent, ses tournures maladroites l'ont touchée. Tandis que son fils passait d'un fauteuil à l'autre, mimant des personnages imaginaires, il l'a interrogée sur les randonnées, les ressources sportives de la station. Je n'étais pas une agence d'information, mais une personne. Il s'adressait à moi, me regardait en face.

Hilde perçoit les voix mêlées d'Antoine et de Jeanne qui s'attardent, et s'endort dans leur musique amie. Je suis contente de rester.

Samedi

Grisaille des samedis, clefs à rendre, adieux auxquels on ne peut s'accoutumer. Jour chagrin, jour chafouin. Chaque fin de semaine, Jeanne sent son cœur se serrer. Je suis folle. Antoine dort lourdement.

À l'hôtel, la tension sera palpable à chaque niveau. Hilde prend son service plus tôt que d'habitude. Elle replace dans la bibliothèque de ses hôtes le livre de Luise Rinser ; elle en a lu les dernières pages lors d'une insomnie : *La nuit tombe. Seigneur, restez à notre porte, veillez sur le sommeil de tous les enfants, noirs, blancs ou jaunes, sur le cœur si vulnérable des jeunes filles, octroyez aux amants de belles étreintes et aux malades des rêves heureux, donnez aux mourants accès à Votre mystère, dérobez aux meurtriers leurs victimes, accordez aux voleurs de petits butins, mais pas au détriment des pauvres, soyez indulgent pour les prostituées, visitez les solitaires, donnez à mes fils le profond sommeil des jeunes gens, accueillez dans Vos bras les suicidés, permettez-moi au lever du soleil de rendre visite à l'ami sous l'habit de plumes d'un moineau perché sur le rebord de sa fenêtre, laissez-moi grandir un peu au cours de la nuit comme grandissent brusquement les enfants pendant leur sommeil ou une maladie, ne Vous lassez pas de Vos créatures, donnez-nous l'exemple de la fidélité, afin que nous gardions le courage de Vous être fidèles ainsi qu'à nos compagnons et à tous les hommes jusqu'à demain, puis nous verrons. Amen.*

Quelle robe mettre ? Hilde consulte le ciel. Serai-je encore capable d'aimer un homme au point de désirer un enfant de lui ? Elle choisit les boucles d'oreilles vertes, achetées hier dans la galerie marchande à une fausse gitane. Elle bouge la tête pour les sentir danser, comme les nattes lorsqu'elle était gamine, et s'adresse un clin d'œil dans le miroir. J'y vais.

La couleur des gaillardes lui rappelle bizarrement le visage du client anglais, les taches de rousseur pareilles à celles de son fils. Pourquoi certaines personnes vous rendent-elles immédiatement intelligente alors que d'autres vous contraignent à la bêtise ? Au cours de ses études, elle avait observé ce pouvoir de méduser ou de stimuler dont disposaient les interrogateurs, parfois à leur insu. On peut se mettre à étinceler ou se prendre les pieds dans le tapis. Affaire de longueur d'ondes, d'atomes crochus, de bienveillance, on ne sait pas, mais c'est ainsi.

Sacs au dos, prêts à partir vers la forêt dunaire dont elle leur a vanté les charmes, ils se tiennent dans l'entrée. Quels sont leurs prénoms ? Rentreront-ils déjeuner ? Sourires retenus. Le téléphone la rappelle à l'ordre.

Frédéric achève le nettoyage. Sa jeune sœur et ses fils trouveront l'appartement en bon état. Les enfants se sont débrouillés seuls et je n'irai pas rouvrir leurs sacs ; on verra à la maison.

Tom cherche son doudou que Rachel retrouve coincé entre le matelas et le sommier. Hier soir, ils ont fait leurs adieux à Julian, mais, ce matin, Laura a tenu à lui porter un dernier croissant avec son courrier. Entre les dents, Matias annonce :

– Je vais dire au revoir à la mer.

La marée est presque haute. Tandis qu'il charge la voiture, Frédéric l'aperçoit, très droit au bord de l'eau, puis accroupi, enfouissant une poignée de sable dans sa poche ; son fils se redresse, regarde encore et remonte au pas de course vers la digue ; il a des larmes dans les yeux, Frédéric détourne la tête. Matias ouvre la portière et prend sa place, la place du mort – l'expression fait frissonner.

– Bouclez votre ceinture.

Installées dans le fond de la voiture, les filles chuchotent ; elles ne sont jamais à court de confidences, d'histoires drôles, de jeux insolites. Pas besoin de les occuper.

– Papa, Rachel dit qu'elle veut changer d'école pour être tous les jours avec moi, exulte Laura.

– Ce n'est pas une bonne idée, intervient Matias.

– Pourquoi ? s'insurge Laura.

– C'est mieux de ne pas être tout le temps ensemble.

– Pourquoi ? interroge Rachel avec curiosité.

– Pour respirer, assure Matias. De l'air !

– Ah bon !

Puisque Matias l'a dit, Rachel est convaincue. Frédéric entend déjà les moqueries de Tom : « Rachel est amoureuse ! » Mais Tom est ailleurs, il s'inquiète :

– Est-ce que Maman sera à la maison ?

– Normalement oui, sauf urgence au travail.

– Je voudrais qu'elle nous attende !

Petit garçon de sa maman, pense Frédéric. Cette semaine, il ne l'a pas réclamée, mais, maintenant qu'il sent l'écurie, elle lui manque brutalement. Ces enfants ! Pas de tout repos.

J'aimerais partir seul avec Pauline, ne serait-ce que deux jours.

Mosane n'en finit pas de ranger la chambre, de préparer sa valise. Amélie se retient de la houspiller. Je me suis promis de... Tout de même elle pourrait faire un effort. Enfin ! elle n'a plus maigri ; je l'ai même aperçue sur la digue mangeant une glace près d'une bande de gosses et de son Julian. Devant l'armoire à provisions, elle hésite à emporter les quelques vivres qui restent. Jeanne a proposé de les déposer à la gare en allant à Boulogne.

Nous allons reprendre le train, le train-train, sans lui. Mais il y a eu le cadeau apporté par la poste, un tissu soyeux, chatoyant que j'accrocherai au mur de ma chambre, dont je ferai un couvre-lit ou une jupe un peu longue. À suivre. La semaine a été meilleure que je ne l'espérais ; Maman passable, on dirait même qu'elle repique un peu. J'ai un ami, deux. Envie d'emporter l'affiche de l'entrée.

– Maman, je file demander un service à Jeanne.

Amélie soupire. Décourageante cette gamine, imprévisible, toujours à la dernière minute.

– Jeanne, vous auriez un appareil pour que je photographie l'affiche de Manet ?

– Enlevez les punaises et prenez-la, Mosane. Elle n'est plus très fraîche, mais ce sera mon cadeau d'adieu.

La jeune fille lui a sauté au cou.

Au moment de démarrer, une certitude envahit Jeanne : je ne peux aider Alain qu'en restant vivante.

Est-ce que le repas d'hier soir n'était pas trop lourd ? J'ai mal dormi et ce matin, j'ai l'estomac barbouillé. Pas eu le goût d'aller à l'atelier alors que je croyais finir la marine d'Alain et la lui donner demain. Franchement ! je ne suis pas brillant ; et cette douleur dans le bras, une fois de plus. Il faudra que je consulte. Oui, je téléphonerai au dentiste et au cardiologue, lundi.

Antoine prend appui contre le dossier du fauteuil. Je voudrais que Jeanne rentre. Des pensées étranges lui viennent. Il se décide à appeler le Samu. Rester calme. Il se souvient du coiffeur qui voulait acheter un poisson rouge « parce que cela me donnerait du calme », tandis que sa femme réaliste objectait : « Qui nettoiera le bocal chaque jour ? »

Est-ce qu'on dit jamais adieu à ceux qu'on a aimés ? se demande Antoine tandis que l'ambulance démarre. Des visions décousues l'assaillent. Sur le seuil, sa mère essoufflée : *Ton père revient !* Le vieil homme très doux qui vendait les fleurs de son jardin et prêchait l'espéranto. La poussière dansant dans un rayon de lumière au milieu de la salle d'étude austère. Jeanne à la sortie de l'hôpital, sa blouse blanche sur le bras, et lui, la guettant de sa voiture. *Pourvu qu'elle me regarde.* À côté du vélo étalé dans les cailloux, Alain couvert d'écorchures. *Ce n'est pas grave, Papa!* Le catamaran filant au plus près, le vent sur la peau, le cri de plaisir de Véronique, le rouge de son gilet de sauvetage. Le pin abattu par la tempête d'équinoxe à deux doigts de sa voiture. Une marée d'images. La voix de Deller chantant la mort d'Arthur. *Africain Africain*, une chanson d'Yves Simon qu'écoutait Pierre. Les souffles d'effort de Keith Jarret dont se moquait Jeanne, comme un ahan qu'il se prenait à imiter en peignant. L'odeur de Jeanne après la baignade. *Tu sens la mer.*

Je voudrais voir la mer, même de loin. Osera-t-il demander un détour à l'ambulancier ? Toute une vie. Son mystère. La peur aux entrailles. Ne pas inquiéter Jeanne. Les gaillardes n'ont jamais été aussi belles, de vrais soleils. Antoine ferme les yeux pour les garder en lui. *Je suis inscrit dans la paume de Ta main.*

Le vent s'est levé. Julian ne s'est jamais rendu à cette voix lancinante, de nuit comme de jour, les grandes marées et l'hiver, long hiver. Dans mon dernier rêve, Matias m'appelait : il me disait quelque chose que je ne comprenais pas, comme s'il parlait une autre langue. Le coup de sonnette de Laura m'a réveillé.

Dans un pot en grès, posé sur le secrétaire, quelques fleurs de promenade offertes par Mosane : onagres, reines-des-prés, vipérines, eupatoires. En cherchant un trombone dans le dernier tiroir de gauche, Julian met au jour une cachette ; le panneau en bois glisse et révèle la trentaine de couteaux soigneusement nettoyés de leur sable. Il caresse du bout des doigts les coquillages brillant d'un éclat énigmatique.

Mosane en jupe rouge est venue me saluer avant de repartir vers Angers.

– Tu t'en vas.

– Oui.

– Et moi ?

– Quoi, toi ? Tu étais ici avant moi. Tu as la chance d'y rester.

– Vous m'abandonnez.

– Non. Tu te racontes des histoires.

Petit silex coupant. Elle s'est penchée, a posé un baiser rapide sur mon front avant de disparaître.

Julian saisit le dictionnaire. Avant même de savoir lire, je m'y perdais corps et biens. Si on me cherchait, on était sûr de me retrouver englouti dans le *Grand Larousse*, les pages jaunies, couvertes de signes, ponctuées d'illustrations en noir et blanc. *Ce n'est pas de son âge!* décrétait une voix adulte. Qu'est-ce qui est de notre âge ? Une tante m'avait offert un dictionnaire « pour enfants » contenant cinq cents mots. Je commençais à lire, je l'ai dévoré et je suis retourné, affamé, vers le grand. *Perdre pied. Perdre son appui sur le fond. Fig. perdre contenance ou ne plus pouvoir suivre ce qui se dit, se fait.* D'un geste machinal, il augmente le son de la radio : « *On est toujours sans nouvelle des deux journalistes français enlevés la semaine dernière.* »

Alors Julian aperçoit l'enveloppe déposée par Laura : elle porte le sigle de l'École. Avant de l'ouvrir, il regarde la mer, ardente et glauque. Du balcon en surplomb sur la marée haute, il prend le large.

Composition et mise en pages réalisées par
Sud Compo - 66140 - Canet en Roussillon
129/2008

Achevé d'imprimer sur les presses
de l'imprimerie Corlet
en octobre 2008

N° d'imprimeur : 117142

Dépôt légal : novembre 2008

Imprimé en France

Pour être informé des publications
des Éditions Desclée de Brouwer
et recevoir notre catalogue,
envoyez vos coordonnées à :

Éditions Desclée de Brouwer
2, Passage de la Boule-Blanche
75012 Paris

Nom : ....
Prénom : ....
Adresse : ....
....
Code postal : ....
Ville : ....
E-mail : ....
Téléphone : ....
Fax : ....

Je souhaite être informé(e) des publications
des Éditions Desclée de Brouwer